De la même auteure

Romans

§

Cauchemar d'amour
Éditions du Dragon

•

S.O.S amour
(réédition du précédent)
Lanctôt/Danielle Shelton

•

L'Écho des grandes prairies
Éditions des Plaines

•

S.O.S générations
Éditions du CRAM inc.

Romans Jeunesse

§

Amarok, l'esprit des loups
Éditions Porte-Bonheur

À paraître

Sur la piste des zoulous
Éditions Porte-Bonheur

Nadège **DEVAUX**

Cyberdrague

Roman humoristique

Catalogage avant publication de la Bibliothèque nationale du Canada

Devaux, Nadège
   Cyberdrague

ISBN 2-922050-43-2

   I. Titre.

PS8557.E87697C9 2002   C843'.54   C2002-905254-8
PQ3919.2.D4645C9 2002

Les Éditions du CRAM inc.
1030, rue Cherrier Est, bureau 205
Montréal, Québec, Canada, H2L 1H9
Téléphone : (514) 598-8547
Télécopieur : (514) 598-8788
http://www.editionsducram.com

Dépôt légal - 4ᵉ trimestre 2002
Bibliothèque nationale du Québec
Bibliothèque nationale du Canada

ISBN 2-922050-43-2

Imprimé au Canada

Nadège **DEVAUX**

Cyberdrague

Roman humoristique

LES ÉDITIONS DU CRAM

roman

Révision
Nicole Demers
André St-Hilaire

Mise en pages
Conception de la couverture
Agence Braque

Photo
Pierre Homier

Les Éditions du CRAM bénéficient du soutien financier du gouvernement du Canada par l'entremise du ministère du Patrimoine canadien
dans le cadre de son programme d'aide au développement de l'indus-
trie de l'édition (PADIE), et du soutien financier du gouvernement du
Québec par l'entremise de la SODEC.

Les Éditions du CRAM sont aussi inscrites au programme de subven-
tion globale du Conseil des arts du Canada.

Distribution et diffusion

Pour le Québec :
Diffusion Prologue
1650, Lionel-Bertrand
Boisbriand (Québec)
J7H 1N7
Téléphone : (450) 434-0306
Télécopieur : (450) 434-2627

Pour la France :
D.G. Diffusion
Rue Max Planck, B.P. 734
F-31683-Labege
Téléphone : 05.61.00.09.99
Télécopieur : 05.61.00.23.12

Pour la Suisse :
Diffusion Transat SA
Route des Jeunes, 4ter
Case postale 125
CH-1211-Genève 26
Téléphone : 022/342.77.40
Télécopieur : 022/343.46.46

Pour la Belgique :
Vander SA
Avenue des Volontaires 321
B-1150-Bruxelles
Téléphone : 00 32/2/761.12.12
Télécopieur : 00 32/2/761.12.13

Table des matières

chapitre 1

Améthyste

Je me suis acheté un nouvel ordinateur pour pouvoir me brancher sur Internet parce que je commençais vraiment à me sentir arriérée avec mon vieux PC qui datait de la guerre du Golfe. Quand j'entendais parler de « e-mail », de « MSN », de « ICQ » ou de « chat », je faisais celle qui connaissait le sujet à fond en tombant d'accord avec tout ce que disaient mes interlocuteurs sur ces méthodes révolutionnaires de communication destinées à faire évoluer l'humanité. Les publicités, les magazines et les journaux me narguaient aussi et je me demandais quels secrets se cachaient derrière les « www », les « .com » et les « .ca ».

J'ai emprunté à la bibliothèque des guides pour les nuls pour nourrir mon ignorance et tenter d'y faire jaillir une étincelle. Devant l'ampleur du désastre, j'ai finalement téléphoné à un copain pour implorer sa pitié et lui demander de l'aide en échange d'un spaghetti.

Depuis trois semaines, je satisfais ma curiosité et j'explore toutes sortes de sites en écrivant des mots clés sur les sujets qui me plaisent ou qui m'intriguent : Hugh Grant, Enrique Iglesias, le sexe, la cellulite, la liposuccion, les régimes miracles, comment comprendre le fonctionnement des hommes, les pays exotiques, les astrologues, les discos et les restos à la mode, les sites de blagues et les tests de QI auxquels je ne comprends rien.

Je suis écœurée par les nouvelles sanguinaires, le terrorisme, l'injustice et la menace de la détérioration de la planète. J'ai à peine trente ans et je me sens trop impuissante pour changer le cours de cette triste réalité. Alors, Internet me permet de m'évader pour oublier ce cauchemar planétaire dont les gens de ma génération ne sont pas responsables et qui sera le sombre héritage des générations futures si la planète n'est pas détruite auparavant.

Je ne me formalise pas trop d'être un cancre en prenant la vie avec légèreté. N'importe qui peut se fabriquer une intelligence artificielle en copiant celle des autres. Il y a plein de perroquets et de singes savants. Il y a aussi plein de génies et de surdoués célèbres qui étaient mentalement dérangés — ou qui le sont toujours. Alors, je me moque complètement d'avoir le QI d'une fourmi en me mettant des œillères pour ne pas sombrer dans la psychose collective de la fin du monde.

Ça fait longtemps que je ne me suis pas amusée autant. Internet est vraiment le plus beau coffre à jouets de la planète, un Noël journalier. Dans l'anonymat, on y trouve tout ce qu'on veut en abondance, sans aucune restriction. C'est une gigantesque boîte à surprises dans laquelle on peut retomber en enfance et faire l'école buissonnière. Dire que mes parents s'émerveillaient devant leur four à micro-ondes et leur vidéo bêta !

À la station de télévision où je travaille comme maquilleuse, mon patron a remarqué que j'avais l'air fatigué et je me suis bien gardée de lui dire que je naviguais sur Internet tous les soirs, parfois même jusqu'aux petites heures du matin. Seule ma collègue Suzanne est au courant. C'est d'ailleurs sur ses conseils que j'ai changé d'ordinateur pour me connecter dans le cyberespace.

La dernière fois que j'ai éprouvé autant de suspense et de satisfaction, c'est quand j'avais saboté le maquillage d'un animateur vedette qui se livrait à de l'intimidation pour que des filles de la station couchent avec lui, sous peine d'être virées. Comme ce tyran libidineux ne harcelait que les filles dans la vingtaine, que ma trentaine correspondait pour lui à l'euthanasie, et que je savais qu'il ne me soupçonnerait pas, j'avais décidé de laver l'honneur de mes consœurs suppliciées en m'improvisant justicière.

J'avais intentionnellement mélangé du cirage clair au fond de teint et, avec la chaleur, ce mufle avait vite ressemblé à une limace visqueuse, luisante et dégoulinante sur le plateau de télévision. Une humiliation dont il se souvient encore et dont avaient parlé certains journaux et certaines émissions radiophoniques grâce à des appels téléphoniques dénonçant les méfaits de ce prédateur.

Évidemment, j'avais nié toute responsabilité et, comme n'importe qui aurait pu effectuer le mélange dans ma loge, le scandale avait été étouffé et l'affaire, classée, car ce pervers avait décidé de prendre une année sabbatique pour se faire oublier. De toute façon, s'il ne l'avait pas fait, il aurait eu le droit à une autre démonstration de farces et attrapes.

Suzanne m'a donné l'adresse d'un site de rencontre et d'amitié : Reseaucoeur.com. On peut même tomber amoureux sur Internet et se faire un cercle d'amis, incroyable ! Ça a l'air de fonctionner car c'est de cette façon que Suzanne a rencontré son nouvel amoureux, un pompier de Québec qu'elle fréquente depuis un mois. Leurs pseudonymes sont *Rivière01* et *Incendiaire*. Ils se sont plu instantanément. Ce qui est peu pratique, ce sont les allers-retours Québec-Montréal qu'ils font à tour de rôle mais, comme le dit Suzanne, l'amour se moque des distances.

Depuis un an, je suis séparée, sans enfants, et j'ai décidé de tenter ma chance. Mon ex-compagnon, un photographe ténébreux que je maternais, ne pouvait plus taire ses pulsions homosexuelles. Il en avait assez d'être bi et de se sentir persécuté en me supportant dans son lit. C'est tout juste s'il ne voulait pas m'exorciser et me faire brûler sur un bûcher. Il m'a exposé ses récriminations inquisitrices un matin, en balbutiant lamentablement devant un café et un croissant, tout en évitant de croiser mon regard. Dire que je m'étais presque ruinée en lingerie pour résoudre sa déficience passagère qui durait depuis six mois alors qu'il me voyait comme Elsa, la louve des S.S. en personne.

Je lui ai conseillé de faire rapidement ses valises et j'ai su par la suite que ma remplaçante était un petit barbu avec une queue de cheval. Un perchiste que je lui avais présenté lors d'un party de Noël à mon boulot. J'aurais dû me douter de leur illumination réciproque quand mon ex, rayonnant et échevelé, était venu me tendre une coupe de champagne en me disant que son nouveau copain venait de lui rendre un gros service dans le parking souterrain alors que je le cherchais partout. Finalement, c'est cette expérience follement romantique qui l'avait convaincu de me reléguer au rang d'objet de répulsion. Lors de notre séparation, il m'a suggéré de batifoler avec une femme pour mieux comprendre son exquise révélation.

Je n'ai rien contre les homosexuels, les lesbiennes et les bisexuels, mais j'ai le droit de ne pas être comme eux sans avoir à me justifier ! Je veux bien faire preuve d'ouverture d'esprit mais il y a quand même des limites ! Surtout quand toute la parenté et tous les amis sont au courant. Tous les collègues aussi. En plus, mon ex et sa nouvelle « femme » se sont mis en tête d'adopter un petit Afghan. C'est la nouvelle mode. Ça doit être super une maman à barbe, comme dans les cirques des années 1900. J'espère que ma rivale se fera coiffer d'un abat-jour à la majorité du petit pour couronner cette absurdité.

Cette fois-ci, je vais prendre tout le temps qu'il faut pour trouver un homme sûr et certain de son orientation sexuelle, pas un indécis. Et puis j'aimerais bien être mère, c'est un de mes grands rêves. J'aimerais connaître le feeling d'un ventre rond en sentant la vie pousser et bouger en moi. J'aimerais chérir et protéger ce petit être innocent et lui donner une version différente et joyeuse du monde pour qu'il ne souffre pas, comme dans mon film culte *La vie est belle*. Mais pour ça, il faut que je trouve un compagnon avec lequel je serai compatible, pas un imprévisible comme mon ex.

Ma démarche est sérieuse et je fais confiance au hasard. Je dois m'inscrire sur ce fameux réseau, Reseaucoeur.com, un des plus grands sites francophones de rencontre sur Internet. C'est impressionnant ; la première fois qu'on s'inscrit sur ce genre de site, on se croirait sur une planète inconnue.

Je choisis mon pseudonyme et mon mot de passe afin de conserver l'anonymat, puis je remplis ma fiche descriptive : *Améthyste*, brune, vingt-neuf ans, Montréal, un mètre soixante, etc. Je rédige aussi un texte de présentation : « Je te vois grand, professionnel, sûr de toi. Tu crois à l'amour et au respect et tu souhaites fonder une famille. Tu es sérieux mais tu aimes aussi t'amuser. » Je placerai plus tard une photo car je n'en ai pas de scannée. Je m'inscris comme membre privilège pour une quinzaine de dollars. Ce statut m'offre toutes sortes de services que j'ai hâte de découvrir.

Au bout d'une heure, ma fiche est homologuée et je suis prête à me lancer dans l'arène de l'amour. Je passe toute la matinée à explorer ce site et je vais de surprise en surprise. C'est génial ! Il y a des forums où l'on peut échanger sur différents sujets avec d'autres membres. Il y a aussi un chat sur lequel on peut bavarder en direct. Si en plus je me fais des amis, je serai comblée car j'aime la nouveauté.

Mon émerveillement pour ce site grandit de plus en plus. C'est comme un grand bal masqué. On doit découvrir qui se cache sous les déguisements. C'est mystérieux et terriblement invitant. J'ai même une boîte postale pour écrire des lettres ou en recevoir, ainsi qu'un système de messagerie instantanée.

Je m'amuse aussi à consulter de nombreuses fiches d'hommes et ce que j'y lis me prouve à quel point j'ai eu raison de m'inscrire sur Reseaucoeur.com. Ces messieurs ressemblent tous à des princes charmants. On sent leurs valeurs profondes, leur sérieux et leur classe. Je suis incapable de faire les premiers pas en abordant un homme. Je suis bien trop gênée, sans doute mon éducation. Je vais donc attendre de me faire draguer.

J'ai la tête dans les nuages, et plein d'espoir et de joie dans le cœur. Je suis heureuse ; j'ai même envie d'embrasser mes voisins qui font du boucan avec leurs guitares électriques à l'étage au-dessus, alors qu'habituellement je me sers de mon balai pour les rappeler à l'ordre. Je quitte le site pour faire mes courses et j'ai des ailes aux pieds.

Le soir, je retourne tout excitée sur Reseaucoeur.com. J'ai reçu une vingtaine de messages. Jamais je ne me suis fait autant courtiser et ça gonfle mon ego d'orgueil. Je me sens belle et désirable. C'est comme une gerbe de compliments à laquelle je ne suis pas habituée.

Je garde les messages les plus intéressants pour prendre le temps de rédiger une réponse personnalisée par après et je réponds poliment aux hommes dont le profil ne me convient pas. Dix minutes plus tard, cinq messieurs, parmi les évincés, m'envoient des messages appréciateurs :

« Tu te prends pour qui avec tes grands airs ? Espèce de frustrée frigide ! »

« Vu que t'as pas de photo, c'est parce que tu dois être grosse et laide. »

« Encore une naine qui cherche un géant. »

« Une autre épaisse qui se croit au-dessus des autres. »

« J'te conseille de pas me croiser sur le chat ou sur le forum... »

Ils sont malades, ces types ! Complètement givrés ! Quelle mouche les a piqués ? Je n'ai fait que leur répondre : « Merci pour l'intérêt que vous me portez mais je suis un nouveau membre et je désire prendre mon temps. Bonne chance dans vos démarches. »

Du coup ça me gâche la soirée, et je mets immédiatement ces énergumènes sur ma liste noire. Quelle bande d'andouilles ! Je ne m'attendais pas du tout à ce genre de réaction. Je m'étais tapé tout un article sur la *netetiquette*, qui explique les règles de la courtoisie sur

Internet. En plus, lorsque je suis allée sur les forums, j'ai vu plein d'hommes qui se plaignent de ne pas avoir de réponses et qui disent que les femmes du réseau manquent d'éducation. Avec des mufles pareils, je commence à mieux comprendre le silence de ces dames.

Pour me calmer, je vais sur le forum le plus fréquenté. Je décide d'y raconter ce qu'il m'arrive et d'exprimer ma stupéfaction devant tant de méchanceté. Je me sens horriblement gênée car c'est la première fois que j'écris en public, mais la colère m'aveugle et m'ôte toute timidité. J'aurais mieux fait de m'abstenir car les réponses d'hommes et de femmes ne tardent pas à fuser :

« Bienvenue sur la lune ! Lol ! »

« Pour vrai ? Tu vas t'habituer… mdrrrr !!! »

« Encore une matante pleine de problèmes ! »

« Hahahah ! Elle est bonne ! »

« T'es pas sortie du bois si t'es aussi innocente ! Lol ! »

« *Améthyste*, tu ne brilles pas beaucoup ! Lol ! »

Je me sens profondément offensée par ces moqueries qui me poignardent le cœur. Généralement, comme tout le monde, je préfère rire des autres ou rire avec eux que de goûter à leur médecine. Je réponds spontanément, sous le choc :

« Pourquoi me ridiculiser ? »

J'ai l'impression d'être dévisagée par le monde entier et je rougis intensément devant mon écran. C'est trop à la fois. Je suis bouleversée et profondément vexée. On dirait une petite mafia d'habitués qui se valorisent en écrasant les nouveaux membres sans se soucier un seul instant de l'impact de leurs moqueries. En plus, je ne sais pas ce que signifient *lol (laughing out loud)* et *mdrrrr (mort de rire)*.

Une âme charitable se porte à mon secours en privé. C'est un homme dont le pseudonyme est *EliotNess*. Il m'explique avec gentillesse qu'il y a toutes sortes de gens sur ce site et que je ne dois pas m'en faire avec ça. Il me rassure en me disant que les nouveaux membres ont souvent droit aux quolibets des habitués et que ceux-ci ne sont pas vraiment méchants. Il me conseille d'être prudente avant de me dévoiler, de ne pas faire confiance trop facilement, et surtout de ne pas avoir d'attentes.

Il m'apprend que certains hommes habitués guettent toujours les nouveaux arrivages de cœurs solitaires féminins, les cargaisons de chair fraîche, pour leur tomber dessus avec des yeux exorbités et la langue pendante car le ratio est d'une femme pour trois hommes. Je pédalais dans la choucroute en m'imaginant que les messages que j'avais reçus étaient la conséquence du charme fou que ma fiche dégage.

Nous échangeons ainsi une partie de la soirée et mon moral remonte un peu. La seule chose qui me dérange, c'est que ma naïveté soit exposée au voyeurisme de tout le monde sur le forum. Mon orgueil en a pris un sacré coup.

Avant de me coucher, je vais consulter les fiches de mes six bourreaux virtuels : *Anachronisme, Bierenfût, Fun-Noir, Cestdubon, Poutine* et *MonsieurNet*. Quand je pense que j'ai passé plus d'une heure à me trouver un joli surnom pour croiser des gens aussi médiocres, c'est affolant. En plus, trois d'entre eux ont des maîtrises et des doctorats ! On dirait une mauvaise farce de cour d'école. Ils doivent vraiment avoir besoin de se défouler.

Grâce à *EliotNess*, je viens d'avoir ma première leçon virtuelle : apprendre à me bâtir une armure. Facile à dire pour une hypersensible comme moi. En tout cas, je me suis fait un ami dans le cyberespace et je me sens moins seule. En plus, à aucun moment il n'a cherché à me draguer. Il est détective, il a quarante-cinq ans et sa fiche le décrit comme un homme épicurien. Sa photo n'est pas mal mais il est bien trop vieux pour m'intéresser et je suis certaine qu'il l'a senti.

Le lendemain, au retour du travail, je ne sais trop à quoi m'attendre en retournant sur Reseaucoeur.com. Ça m'a tracassé toute la journée. Je n'aurais jamais cru que les mots pouvaient autant m'atteindre. Je ne prends pas le temps de lire mes messages, je clique immédiatement sur le forum dont j'ai été la risée. Surprise ! Des réponses gentilles ! :

« *Améthyste*, désolé. ☺ ! »

« J'trinque à ta santé ! Bonne journée ! »

« As-tu besoin d'aide pour naviguer sur le site ? »

« Relaxe tes hormones ! »

« Allô ! »

« On a tous eu une première fois. »

Ça alors ! Des êtres humains derrière des écrans, enfin. Me serais-je trompée sur *Anachronisme*, *Bierenfût*, *Fun-Noir*, *Cestdubon*, *Poutine* et *MonsieurNet* ? Trois autres membres, *Chrysalide*, *Lune38* et *Frisbee*, me souhaitent la bienvenue.

Je me sens tout à la fois soulagée, intimidée et méfiante. Et si c'était une plaisanterie de mauvais goût pour rire encore de moi ? Je ne sais que faire et j'envoie un S.O.S à *EliotNess* en m'excusant de le déranger. J'ai confiance en cet ange virtuel qui m'a ramassée à la petite cuillère hier soir. Sans lui, j'aurais le moral à zéro aujourd'hui.

J'ai expliqué à ma collègue Suzanne ce qui m'était arrivé. Elle lit beaucoup de bouquins sur la croissance personnelle, sa passion. Elle a ri en me disant que je suis trop susceptible et trop sensible. Suzanne est une grande routière des sites de rencontre sur Internet et elle m'a fait comprendre que je devrais relativiser et prendre tous les propos du site avec un grain de sel parce que ce n'est que virtuel. Elle m'a dit aussi que les gens n'ont que le pouvoir qu'on leur accorde et que nous sommes responsables de nos émotions et de nos réactions.

C'est facile à dire. Tous les habitués se connaissent et je me sens comme l'agneau qui va se faire sacrifier. Ils m'ont fait passer pour une imbécile, et aujourd'hui ils me proposent de l'aide et sont aimables. J'ai beau essayer de me conditionner au pardon, j'éprouve de la rancune car ça m'a fait du mal alors que je ne le méritais pas.

Ce qui me redonne confiance, c'est que d'autres sujets ont été développés sur les forums. Je me rends compte qu'il y a aussi des membres éduqués et respectueux, comme *EliotNess*. Il s'exprime vraiment bien et il semble très populaire sur Reseaucoeur.com. En attendant de recevoir ses conseils, je prends mes nouveaux messages. J'avoue que je ne sais plus où donner de la tête. Il faut absolument que je fasse un tri.

D'après sa lettre incohérente, *Loupgarou* semble ivre comme une délégation russe. Sa photo le représente devant une bouteille de vin et sa fiche dit qu'il cherche une femme sérieuse sans aucune dépendance. *Idéefixe* me demande de but en blanc si je suis experte en fellations et si j'avale, car il a beaucoup de difficulté à trouver une femme qui accepte de lui faire la totale. C'est pourquoi il préfère être franc et direct dans son approche. *Rapidus* cherche une femme pour l'accompagner dans un club d'échangistes.

Alphabet m'écrit des jeux de mots idiots qui sont supposés m'épater. Sa fiche dit qu'il est un trésor non réclamé et qu'il aime les femmes avec de gros seins. *Tolérance-zéro* me crache que je suis une garce, comme toutes les femmes, et qu'il ne reviendra plus sur Reseaucoeur.com. Vu la longue liste de ses déboires sentimentaux, il présente tous les symptômes du gars qui vient de péter les plombs.

Droitaubut n'aime pas perdre son temps et il veut savoir s'il pourrait y avoir compatibilité sexuelle à la première rencontre, après un souper au restaurant. Sa fiche mentionne qu'il est raffiné et très à l'écoute des autres. *Lotusbleu* ne jure que par les massages aux huiles essentielles et, bien sûr, il m'offre ses services en échange d'une séance de jambes en l'air si ma photo lui convient. *Anomalie* est curieux de savoir si j'aime le *goldenshower* et la scatologie car il en a assez de pratiquer ses ravissants passe-temps sur une poupée gonflable.

Bisonfuté m'annonce triomphalement qu'il est un renifleur de sous-vêtements. *Obsession2000* m'invite à consulter sa fiche, qui ne mentionne que « sexe, sexe et encore sexe ». *Recto-Verso* me demande si j'ai des photos me montrant nue et si j'aime la sodomie. *Motel-PM* cherche à pratiquer l'adultère l'après-midi. J'ai reçu aussi une invitation salée de *Superpartouze*, un couple bisexuel.

Non mais je rêve ! Pas encore ! Ils ne peuvent pas choisir leur sexualité et l'assumer une fois pour toutes ? C'est une mode lancée par mon ex ?

Où ont-ils tous été élevés ? C'est une manie sur ce site, la grossièreté ? Ils sont tous en rut ou quoi ? Ils ne savent donc pas aborder une femme convenablement ? Je sais bien qu'ils viennent de Mars mais nous ne sommes pas chez les sauvages, tout de même ! Après le *Speed Dating*, c'est le *Speed Sexe* parce que cinq minutes, c'était trop long ? Dans la vie courante, ils se prendraient vite une averse de torgnoles qui leur dévisserait la tête. Je ne comprends pas que des cerveaux aient inventé le Viagra sans y joindre une pilule pour raisonner. C'est vrai que j'ai mentionné « amour, rencontre, sexualité » sur ma fiche, mais je trouve que ces dépravés sautent vite aux conclusions parce que dans mon esprit ça signifie « romantisme », pas « bestialité ».

J'ai quand même reçu des embryons de manifestation d'intelligence masculine, ce qui donne un moment de répit à mes yeux et à mon esprit. *Saumonfumé* me parle de sa vie tranquille dans un petit village côtier de la Gaspésie. Il fait des fautes d'orthographe mais il s'exprime avec son cœur. Il respire la gentillesse mais il habite un peu loin et il n'est pas du tout mon genre.

Solitaire, un monoparental, est touchant lorsqu'il parle de sa fille de douze ans mais, comme je désire être mère, je préfère fréquenter un homme sans enfants. J'ai tellement entendu d'histoires négatives sur les familles reconstituées que je ne tiens pas à prendre le risque de servir de marionnette à des enfants qui ne sont pas les miens.

Sucredorge cherche une relation simple et il a beaucoup d'atouts. Le problème, c'est qu'il vit en France et ça me semble trop compliqué.

La lettre de *Deliriumtrèsmince* me fait rire aux éclats : sa photo représente un homme obèse. Ce monsieur me semble charmant mais, et je sais que c'est injuste pour lui, le déclic physique est important pour moi.

Il ne faut pas oublier non plus que, si les gens qui ont du poids devenaient minces, ils réagiraient comme moi et bien d'autres. J'admire l'intelligence et le sens de l'autodérision de cet homme qui s'accepte sans mensonges. Le bonheur n'est pas juste réservé aux gens beaux et j'espère qu'il trouvera la femme de ses rêves.

Panda12 se cherche une femme pas compliquée pour vivre un petit bonheur serein, mais sa fiche laisse présager un manque de fantaisie. *Chaton-Ronron* à l'air d'un grand tendre mais il semble un peu étouffant.

J'ai reçu quelques inepties pêle-mêle, qui me laissent songeuse. *Perlerare* met plein de points d'exclamation dans sa lettre et il semble visiblement s'amuser à se présenter comme un enfant attardé. Sa soixantaine ne l'encombre pas et sa fiche dit qu'il est d'une naïveté rafraîchissante. Je me vois mal fréquenter un grand-père en train de régresser dans le liquide amniotique. Je ne veux pas un vieux bébé rassis, je veux un bébé tout rose et flambant neuf.

Allah95 me demande en mariage d'Algérie. Il est fou amoureux de ma fiche et il a compris tout de suite que j'étais sa reine. Il écrit que mes mains sont douces comme de la soie, que ma bouche est rouge comme un rubis et que mon cœur est limpide comme une rivière. Il est prêt à tout quitter par amour pour moi le plus vite possible et à venir vivre au Canada. Il insiste en disant que l'idée d'obtenir un visa ne lui effleure même pas l'esprit, car il veut faire un mariage d'amour en m'honorant et en me faisant beaucoup d'enfants. N'importe quoi ! Je me demande si certaines femmes sont assez candides pour tomber dans ce genre de manipulation grotesque. Et puis je ne veux pas faire un élevage avec un lapin. Je veux juste un bébé.

Paradis cherche une femme qui s'entraîne tous les jours car c'est un grand sportif dans une forme olympique. Sur sa photo, sa beauté étudiée n'évoque pour moi qu'un beau gâteau indigeste qui fait engraisser. Je passe ma vie à faire des régimes ; alors, je ne suis pas maso au point de supporter en plus chaque jour une gravure de mode qui se pavane. S'il est si beau que ça, pourquoi est-il toujours célibataire ?

Coulant se prend pour un camembert et proclame avec modestie qu'il est le choix des connaisseurs. Il met l'emphase sur sa grande facilité à emménager chez les autres car il parasite chez sa mère. Il faut avoir du culot pour prendre les femmes pour des petites annonces immobilières.

Baratin a beaucoup d'humour, mais je suis certaine qu'il doit écrire le même message à plusieurs femmes. *HarryPotter* me dit que l'améthyste est sa pierre de naissance. Comme je ne crois pas trop à l'astrologie, je me méfie un peu des apprentis devins qui basent leur vie sur ça. *Einstein* est un maniéré qui doit se prendre très au sérieux. Pour expliquer une pensée de six mots, il lui faut développer son sujet en une page. C'est ce qu'il a fait pour me souhaiter la bienvenue tout en se glorifiant au passage.

BarbeBleue me demande si j'aime les grands costauds qui, en Harley, font des pieds de nez à la police. *Numéro1* veut avoir un rapport détaillé sur ma personne dans les plus brefs délais car il trouve ma fiche incomplète. Il semble souffrir des nerfs et faire des projections en pensant que Reseaucoeur.com est son harem privé. *Quintessence* éprouve le besoin d'étaler ses biens : sa photo le représente devant une superbe résidence, un motorisé et une limousine.

Je reçois enfin un message d'*EliotNess* qui me conseille d'entamer un nouveau sujet sur le forum ou de répondre à un sujet déjà débattu sur le site pour faire de nouvelles connaissances et prendre de l'assurance. Tout un défi à relever. Il a raison. Je dois sauver la face de mon ego blessé. De plus, j'aime ce site et je veux y rester. Mais quel sujet choisir ? Et si je me présentais en toute simplicité ?

Non, ma susceptibilité me susurre que je tomberais dans un piège. Je dois choisir un sujet qui plaira aux membres habitués pour qu'ils soient tolérants envers moi et pour qu'ils prennent le temps de m'apprécier sans me juger. Ce n'est pas de l'hypocrisie, c'est la peur d'être déchiquetée en mille morceaux.

Je réfléchis longuement et, plus je pense, plus je réalise que j'ai déchaîné une tempête émotionnelle dans un verre d'eau. Je dois calmer ma paranoïa. J'ai interprété tout ça trop sérieusement. Suzanne a raison. Finalement, des sites comme Reseaucoeur.com permettent de vivre et de laisser vivre même s'il y a des dérapages qui ne sont pas toujours contrôlés. Nous sommes tous ici pour différentes raisons et nous formons une mosaïque humaine de diversité. Il ne faut pas que je fasse attention aux mauvaises plaisanteries et aux grossièretés de certains membres. Ils ne doivent être qu'une minorité.

Je choisis comme sujet un événement cocasse relaté par les journaux et, bien que mes mains tremblent, je prends une plume rieuse sur le forum. Après mon aventure d'hier, je vais leur montrer que je ne suis pas aussi stupide qu'ils le pensent, malgré la peur que j'éprouve.

Je viens soudainement de réaliser que l'humour sera l'armure dont me parlait *EliotNess,* et puis j'adore m'amuser. De plus, ce sera un excellent moyen de tester la fantaisie de mes soupirants car je ne veux pas d'un coincé. Je ne veux pas non plus tomber dans l'extrême en fréquentant un disjoncté qui me prend pour une blague. Je recherche un mâle équilibré, pas un clone qui a mal tourné.

Dans les jours et les semaines qui suivent, je me familiarise avec les forums de Reseaucoeur.com. Il suffit d'y prendre sa place. C'est génial pour communiquer avec plein de gens. J'ai aussi essayé le chat et j'aime beaucoup ces conversations en direct. Plus les mois passent, plus je me sens à l'aise sur le site. Je suis débordée par les demandes de correspondance d'hommes et je me suis fait plein de copains et copines. Je connais maintenant la signification des *smileys*, ces petits visages qui décrivent nos sentiments en utilisant les points, les tirets, les parenthèses, les chiffres et les lettres de nos claviers.

J'ai scanné une photo pour ne l'envoyer qu'en privé. Il y a beaucoup de membres qui affichent les leurs mais je ne suis pas encore assez émancipée virtuellement pour les imiter. J'aurais bien trop peur que des voisins ou des gens que je connais m'identifient. Pour rien au monde je ne voudrais qu'on sache que je suis inscrite sur un site de rencontre. J'aurais trop peur qu'on me prenne pour une laissée-pour-compte bourrée de complexes. Je me dis que, même si je ressemble à cette description, personne n'est obligé de le savoir. C'est un des avantages de l'anonymat.

Il me semble qu'il est normal de se montrer sous son meilleur jour en faisant quelques entorses à la vérité. Je me vois mal clamer sur ma fiche que je n'ai pas fait l'amour depuis deux ans, que mon ex est un homosexuel qui m'a cocufiée, que le célibat me pèse et que j'ai quelques kilos en trop. Rien de grave car je me surveille, mais je dois toujours faire attention. La privation et les SPM, ça ne rend pas toujours sereine. Mais ça, ils s'en fichent, les hommes.

De toute façon, ceux qui cherchent des Barbie ne doivent pas se regarder souvent dans un miroir. Ils doivent avoir eux aussi leurs secrets honteux : brioche, calvitie, partiel et autres détails dont on ne retrouve nulle trace dans leurs fiches. Côté défauts, c'est simple, aucune fiche n'en mentionne non plus. Moins ces messieurs ont à offrir en retour, plus ils exigent.

Je n'ai retenu que trois soupirants éventuels : *Nobledésir*, *Chevalier47* et *Colorado*. J'ai éliminé les hommes trop pressés de me rencontrer. Je ne suis pas un numéro ou une bête de cirque. Ceux qui n'ont pas la patience de prendre leur temps, je n'en veux pas. Surtout après tout ce que j'ai lu sur les forums et que j'ai pu constater par moi-même. Beaucoup de femmes se plaignent des effrontés du site.

Les hommes resteront toujours des charades pour moi. On dirait que leur clavier leur sert d'ego et qu'ils se font l'amour à eux-mêmes en s'encensant généreusement. Ils écrivent deux ou trois messages enflammés, puis plus rien, même pas un mot d'explication, ou alors ils sont tellement collants que ça en devient insupportable. Il pourrait quand même exister un juste milieu dans leur instabilité.

J'avais pris la peine d'entretenir des correspondances avec *Amoureux44*, *Décidé1*, *Justepourtoi* et *ToujoursCorrect*. Ces types se sont évanouis dans la nature et je n'ai plus jamais eu de nouvelles d'eux. *EliotNess* a raison lorsqu'il dit de ne pas se confier trop vite. Je n'accepte de rencontrer qu'au bout de plusieurs semaines d'échanges et, ces derniers mois, j'ai été déçue par mes trois favoris.

Nobledésir, qui disait s'être séparé harmonieusement, a été retracé par sa femme sur Reseaucoeur.com. Elle le pistait partout en public sur les forums et le chat sous le pseudonyme de *LoiduTalion*. C'était la première fois que j'assistais à une scène de ménage virtuelle. Il faut vraiment être irresponsable pour mettre sa photo quand on est marié.

J'ai accepté de boire un café avec *Chevalier47*, que je trouvais si séduisant et que je voyais déjà comme le père idéal pour mon futur bébé. Sa photo datait de dix ans, il a passé deux heures à ne parler que de lui et il a osé demander à la serveuse de séparer nos factures. Quand il m'a dit sur le trottoir qu'il tenait absolument à me revoir, je l'ai plaqué sans un mot. Ça n'aurait servi à rien de gaspiller ma salive. Je suis partageuse et j'ai horreur des radins.

En sortant un soir avec *Colorado*, j'ai constaté qu'il avait tellement bu qu'il ne tenait plus debout à la fin de la soirée. Il en était rendu à se vautrer sur son auto décapotable pour fermer son toit en jurant. J'ai obligé ce danger public à repartir en taxi. Pourtant, il se décrivait lui aussi comme l'incarnation de la perfection. Il avait juste à me dire que je ne lui plaisais pas au lieu de se mettre dans un état pareil. J'ai remarqué que beaucoup d'hommes mentionnent dans leur fiche qu'ils aiment le vin et le porto plutôt que d'avouer qu'ils sont alcooliques.

Chrysalide, une infirmière de Québec, est devenue une grande amie. C'est une femme adorable, aussi sensible que moi. Jamais je n'aurais cru que l'amitié virtuelle pouvait exister. Nous nous racontons nos petits secrets et nous nous échangeons des informations sur les hommes du site. Nous nous remontons aussi le moral quand nos journées ont été grises en nous piquant à l'occasion des fous rires. J'ai coupé les liens avec *Béatitude* et *Sérénité*, deux grands narcissiques qui ne me parlaient que de leurs premiers rots magiques. Ça devenait complexant et abrutissant. Des intellectuels pleins de vent, j'en côtoie toute la journée à mon boulot.

J'ai rompu aussi tout contact avec *Bambi*, un homme en couple. Il m'a arnaquée en me faisant croire qu'il était un incompris ne cherchant qu'un peu d'amitié et de chaleur humaine. Comme c'est un beau parleur, je me suis attachée à lui jusqu'à ce que j'apprenne qu'il échangeait des conversations pornos avec une femme mariée du réseau, *Honnêteté66*, en utilisant le pseudo de *Pinocchio*.

Pour se justifier, il m'a expliqué qu'il me respectait trop pour me parler de sexe et que ça le travaillait car il a une grosse libido inassouvie. Il m'a confié qu'il se dédoublait devant son écran et qu'il faisait des voyages astraux érotiques en fusionnant son esprit avec celui de sa complice. Moi, j'avais juste droit à ses lamentations lorsqu'il revenait de ses orgasmes virtuels et de ses escalades hallucinatoires. Je pensais vraiment qu'il était dépressif alors qu'il me prenait pour une amibe demeurée. Il peut s'envoyer en l'air derrière son clavier et faire de la lévitation sur sa lampe si ça lui chante, mais il devrait quand même sérieusement songer à se faire soigner. Je plains vraiment sa femme. Je ne suis pas la psy de service. Ces messieurs n'ont qu'à consulter.

C'est bien beau, les amitiés virtuelles, mais c'est fragile. L'ingratitude et l'oubli font souvent place à la fraîcheur des confidences du début. On peut être ami un jour et ennemi le lendemain. C'est pour ça qu'il faut rester méfiant et ne pas trop se dévoiler. Le chat est la place favorite des critiqueurs et critiqueuses. Des membres absents peuvent être démolis juste le temps de le dire, et leur réputation salie avec des ragots basés souvent sur l'envie, la vengeance et la jalousie.

Quant aux forums, ils sont le panthéon de la flatterie et de la guerre. C'est une grande compétition de popularité entre anciens et nouveaux membres. Tout le monde y parle d'amour et de tolérance mais personne ne met ces belles théories en pratique. J'y suis à l'aise car ma timidité des premières semaines s'est volatilisée et il y a tout de même beaucoup de gens intéressants. Il suffit de ne pas se mêler des querelles des autres et de rester neutre.

J'ai mis sur ma liste noire *Lilipute*, une lesbienne qui me harcelait en public et avec des messages privés. Elle m'appelait sa « jumelle astrale » sur le chat, alors que je ne la connaissais même pas. Ça commençait à devenir gênant !

Malgré mes bonnes résolutions de prendre le temps avant d'offrir mon corps à l'homme de mes rêves, j'ai craqué pour *007*, avec qui j'ai eu une aventure. Il s'agit d'un architecte séduisant dont la fiche mentionne « aventurières s'abstenir ». Il m'a tellement couru après que je l'ai idéalisé en me persuadant qu'il était l'élu de mon cœur et le père de mon futur bébé.

Après des semaines de correspondance et d'échanges de mots d'amour, de photos et de coups de téléphone, je me suis jetée dans ses bras et nous avons passé une nuit torride chez lui. Je pensais qu'il aurait apprécié le don de ma personne en savourant la qualité de mon geste, vu mes deux ans d'abstinence sexuelle, et qu'il m'aurait enlacée amoureusement en me disant que j'étais la femme de sa vie.

Et bien pas du tout ! En me réveillant le lendemain et en constatant son absence dans le lit, je me suis levée et je l'ai trouvé devant son ordinateur en train de chatter. C'est tout juste s'il m'a offert un café tellement il était absorbé par son écran, sa web Cam et ses nombreuses copines de Reseaucoeur.com. Il m'a dit qu'il n'aimait pas les femmes jalouses, qu'il n'avait pas de comptes à me rendre et que c'était à prendre ou à laisser. Ce qui était symbolique et sérieux pour moi était juste un divertissement pour lui. Je ne me suis pas abaissée à répondre à ce cybermufle.

En plus, ce goujat s'est amusé par la suite à faire sur les forums des sous-entendus déplacés de notre aventure. Il a décidé de m'intimider pour que je ne le dénonce pas aux autres femmes du réseau, ce qui aurait empêché cet arnaqueur virtuel de récidiver. Je n'ai rien dit car il me faisait peur et ça me rendait malade de voir autant de bassesses. J'ai eu le cafard pendant plusieurs semaines.

Deux mois après ce cauchemar, encore vulnérable et fragilisée, j'ai eu un coup de foudre pour *IndianaJones*, un séduisant prof d'histoire au look aventurier qui est chercheur de trésors et archéologue. Il a subjugué mon côté enfantin et alimenté mon imaginaire en me décrivant la beauté d'un cadavre de mammouth sibérien congelé et celle des têtes réduites d'Indiens maoris de Nouvelle-Zélande. Il rêvait de découvrir les restes du roi Salomon et de la reine de Saba en Éthiopie, les ossements du pharaon Ptolémée III dans la vallée du Nil, d'aller sur l'île de la Tortue pour y trouver les trésors de Barbe-Noire et de chercher les vestiges d'un galion espagnol à Gaspé.

J'étais toute contente d'avoir trouvé mille fois mieux que cette crapule sans scrupules de *007*. Mon cyberaventurier me comblait et j'imaginais notre futur bébé dormant dans un beau sarcophage en or, enveloppé dans une couverture sertie de pierres précieuses et tenant un sceptre en guise de hochet. Nous avons vécu une relation intense pendant un mois. Il venait passer toutes les fins de semaine dans mon condo car sa résidence d'Outremont était en rénovation. Je me sentais vraiment bien avec cet homme original et je ne m'ennuyais jamais en sa compagnie.

J'ai su par *Aventurine*, une de ses ex qui s'est aussi fait entuber, qu'en réalité *IndianaJones* est sur le BS depuis des années et qu'il vit dans un minuscule appartement avec un copain. Devant ma colère, il a eu le culot de me dire que je faisais des montagnes pour rien et que les biens terrestres ne sont rien lorsqu'on s'aime.

Facile à dire quand ce sont les autres qui payent tout. Je n'ai rien contre les gens qui ne travaillent pas ; ce qui m'a révoltée, ce sont les mensonges qu'il m'a racontés pour se payer un trip et se faire entretenir. Je n'en suis pas rendue au point d'acheter l'amour, et ce qu'il m'a fait est très insultant.

J'en ai eu ras le bol de faire abuser de ma confiance et de faire rire de moi. Trois fois… c'était trop. La première fois, le petit monsieur m'a laissée tomber pour un autre homme. La deuxième fois, le mec a préféré s'adonner à ses activités ludiques plutôt que de profiter de ma présence. La troisième fois, c'est moi qui ai laissé un homme qui s'amusait à profiter de moi... et de mon argent. Trois échecs. Je commence à croire que je ne suis pas normale !

Tout ça m'a traumatisée et je me suis tapé le luxe d'une dépression discrète. J'ai confondu à plusieurs reprises le distributeur de savon et celui de ma crème pour le visage, et je me suis infligé une autopunition en utilisant du dentifrice au bicarbonate de soude pour transformer mon palais en marais salant. Quand je voulais me relaxer devant la télévision, il n'y avait que des films tordus qui parlaient, par exemple, d'une fille qui tombe amoureuse d'un frère siamois inopérable ou d'une autre qui devenait schizophrène après une rupture. Je me suis réfugiée dans la bouffe et j'ai pris cinq kilos.

Ma frustration passée et mes blessures partiellement pansées, j'ai compris les ficelles et les trucs du virtuel. J'ai compris sa facilité, son inhumanité, son intolérance, son manque de respect et son illogisme impitoyable. Les plus forts bouffent les plus faibles et la manipulation est reine. C'est une jungle urbaine, un vivier où les poissons ne sont pas toujours frais. Je sais à présent combien les mots, les mensonges, les trahisons et les attentes du virtuel peuvent faire mal ; c'est pourquoi je ne mets plus de gants blancs. Ma belle candeur du début a disparu et je ne me nourris plus d'illusions. Je suis devenue un robot sans âme comme tout le monde. C'est l'individualisme à l'état pur. C'est chacun pour soi.

Je me laisse engloutir dans les sables mouvants de cette cyberarène où tout est permis sans aucun tabou. Le jeu consiste à faire le plus de mal possible en traitant les autres comme des moins que rien. Finalement, moi non plus, je n'ai pas de temps à perdre. Alors que je croyais à un minimum de romantisme, de franchise et de classe, je fais comme toutes les femmes échaudées par ces pirates : je passe à l'abordage, sabre entre les dents, et je drague plusieurs hommes à la fois en leur faisant croire qu'ils sont uniques tout en sachant que ces faux jetons font la même chose avec d'autres femmes.

C'est bien les solutions de rechange. En cas d'échec, ça passe mieux. Certains de ces messieurs s'offusquent car ils aiment bien être les chasseurs, alors qu'ils prétendent hypocritement sur les forums et le chat que ça les séduit qu'une femme fasse les premiers pas. Ceux qui brillent sont souvent les plus décevants en personne.

Maintenant, terminés les messages de politesse. Quand des hommes ne m'intéressent pas, je ne leur réponds pas car un silence est une réponse évidente. Je n'ai pas que ça à faire, moi, me creuser la tête pour faire gober à ces clowns que, même s'ils sont merveilleusement attirants, ça me brise le cœur de devoir décliner leur invitation.

Quant aux lettres préfabriquées du genre « D'après ta fiche, nous sommes faits l'un pour l'autre », « Je sens que tu es celle que j'attends depuis longtemps » ou « J'ai éprouvé une sympathie immédiate pour ta description » qui sont envoyées par des membres qui ne paient pas, je les supprime. Si je ne vaux pas une quinzaine de dollars d'abonnement et ne suis pas digne de recevoir un minimum d'effort cérébral dans une lettre, les auteurs de ces missives toutes faites peuvent aller se faire voir chez les Papous.

Côté amour, c'est pathétique ! Je ne sais plus où j'en suis mais j'ai heureusement des amis. En dehors de *Chrysalide*, je corresponds avec *Frisbee* et *Icare*, deux hommes sympathiques. Le premier est un peu comme un frère car nous sommes nés le même jour. Le second est dans une chaise roulante à la suite d'un accident de moto.

J'entretiens aussi de chaleureux échanges avec *Zénithblanc*, une gentille poétesse. Je me pique des fous rires virtuels avec *KingKong*, *Lagaffe* et *Fée-et-rit*, des gens amusants qui ne se prennent pas au sérieux et grâce auxquels j'évacue mes déceptions. Je continue à participer à des sujets sur les forums et je suis souvent sur le chat. *Chérietoncafé* est un gars sympathique et intelligent mais très timide.

EliotNess est resté un ami fidèle et il n'a jamais cherché à me rencontrer. Tant mieux car je n'aurais pas voulu le vexer pour une question d'âge. C'est aimable, mais il a un petit côté monsieur je sais tout qui m'énerve. Il est une sorte de père virtuel avec les désavantages.

Reseaucoeur.com est ma drogue depuis maintenant deux ans. Chaque fois que je croise un nouveau prétendant, mon cœur bat la chamade, mes doigts tremblent sur mon clavier, je m'imagine toujours qu'il sera le bon, mais je reviens vite à la réalité au bout d'une semaine, parfois moins. Je ne sais même plus ce que je cherche, tout va trop vite.

J'ai essayé de faire mes adieux publics sur le forum pour me sevrer, mais je suis revenue deux jours après parce que j'étais vexée d'avoir eu si peu de messages d'adieu, comme si je n'existais pour personne. La vérité, c'est que je suis complètement accro à Reseaucoeur.com, c'est devenu une obsession. J'ai besoin de parler à des gens et de me sentir aimée. J'ai besoin de me prouver ma valeur. C'est devenu un jeu tout à la fois terrifiant, excitant et indispensable à mon équilibre.

La paranoïa m'habite et je me sens souvent visée par des écrits qui comportent des phrases à double sens, mais je sais me défendre. Au fond de moi, une étincelle à moitié éteinte me murmure que je perds mon temps et que je devrais remettre les pieds sur terre en sortant de mon écran, mais je ne l'écoute pas.

J'expérimente la cyberdépendance. Je n'ose même pas en parler à mon amie Suzanne, qui ne s'en aperçoit pas puisque nous nous voyons tous les jours au travail. Je ne regarde même plus la télé. Je passe le début de mes journées et mes soirées sur le chat et le forum. Les fins de semaine, c'est pire, j'y suis toute la journée. Je me suis inscrite à un GT, *Get Together*, organisé par des membres du réseau. Il s'agit d'un grand souper rencontre avec danse. Il y aura plus de deux cents personnes du réseau et plusieurs de mes amis virtuels seront présents.

Ce sera toute une surprise de les rencontrer en chair et en os, sans masques. Ça me donnera aussi l'occasion de voir d'autres membres qui se sont inscrits et qui attisent ma curiosité depuis longtemps. J'éprouve surtout le besoin pressant d'avoir un enfant pour me rattacher à la vie et me guérir de mes désillusions. Je vais me faire faire un bébé par un homme que je choisirai comme un article d'épicerie.

Reseaucoeur.com est une immense banque de donneurs de sperme et je ne vais pas me gêner pour les prendre pour des cobayes jusqu'à ce que je déniche un géniteur le moindrement équilibré au point de vue physique et psychologique. Tant pis si je suis complètement cinglée. Je sais que je serai une bonne mère.

Je vais faire un cyberbébé avec un cyberpapa. L'heureux élu n'en saura jamais rien parce que j'élèverai mon bébé toute seule plutôt que de subir un compagnon instable, hypocrite ou capricieux. Je vais me reconstruire avec de vraies valeurs et passer ma cybergrossesse sur Reseaucoeur.com avec mes cyberamis.

Quand mon cyberbébé sera devenu un cyberadulte, je lui raconterai, la larme à l'œil, que son père était un génie, un héros qui a été fauché dans la fleur de l'âge en effectuant un acte de bravoure quelconque ; j'improviserai en temps et lieu de cybermensonges. Je ne le perturberai pas en lui disant la vérité. J'ai donné une chance aux hommes, ils n'en ont pas voulu ; alors, maintenant, je vais penser à moi en ne leur faisant aucun cadeau.

M'investir à fond dans une relation en faisant confiance, j'ai vu ce que ça donnait. Je ne serai plus jamais le jouet de quiconque. Je ne suis pas un jeu, je suis un être humain. Une cyberwoman blindée, une poupée bousillée par l'égoïsme, qui ne craint plus personne et qui n'a plus d'âme. Moi aussi, je vais être calculatrice et prendre les autres pour des mouchoirs jetables.

Plus jamais je ne serai un torchon ou une carpette. Maintenant, c'est moi qui décide de ce qui est bien ou mal pour ma vie et je reprends le contrôle. J'ai accepté de me faire bafouer trois fois, mais la plaisanterie est terminée. Maintenant, je montre les crocs et je mords parce que les princes charmants que j'ai rencontrés étaient des monstres dénués de toute décence ou de toute fierté. Oui, je sais, il faut avoir les deux versions des faits mais, en ce qui me concerne, les mufleries, j'en ai ma dose.

Les hommes veulent changer les femmes qu'ils rencontrent mais ils n'acceptent pas de faire le moindre effort. Ils prétextent que les femmes ne sont pas sérieuses alors qu'ils ne savent même pas la signification du mot « respect ». Ces cyberprofiteurs vont voir de quel bois je me chauffe.

Ils aiment faire du mal et se payer la tête des femmes ? Je vais me servir de leurs propres armes pour les piéger sans aucun remords. Ils ne sont qu'une usine à sperme, ce qui ne demande pas trop d'intelligence de leur part. Sans aucune sensibilité je vais leur faire croire qu'ils mènent le jeu. Je suis allée au fameux GT et j'en suis partie au bout d'une heure car j'y ai croisé *007* et *IndianaJones*. Ils ne perdent pas de temps ces deux-là. Ils ont fait comme s'ils ne me connaissaient pas. Tout ceci m'a renforcée dans mon idée d'être une cybermaman solitaire. J'ai même commencé à regarder le prix des berceaux et de la layette. Je me suis aussi acheté un dictionnaire des prénoms parce que je ne veux pas donner un pseudonyme à mon cyberbébé.

chapitre 2

EliotNess

J'ai découvert Reseaucoeur.com par hasard, il y a deux ans, dans les journaux. Je suis séparé depuis un certain temps et je voulais refaire ma vie. Je suis détective privé et mon ex est un agente patrouilleuse de la Sûreté du Québec avec laquelle j'ai conservé des rapports ardents qui se limitent à « bonjour » et « au revoir » par peur de me faire mordre et de passer une heure à m'engueuler avec elle.

Madame s'est toujours prise pour un cow-boy qui fait du rodéo en attrapant au lasso tout ce qui bouge. Il faut la voir frimer dans son auto-patrouille en distribuant des tonnes de contraventions avec délectation pour montrer sa suprématie aux hommes. Déjà toute petite, elle tirait avec la carabine de son père sur tous les siffleux de Magog. C'est depuis ce temps-là que les survivants ont demandé l'asile politique aux États-Unis. À l'école, elle terrorisait les gars et elle est devenue ceinture noire de karaté. Ensuite, elle a essayé la boxe.

Je suis tombé amoureux d'elle à l'époque où elle était redevenue féminine, à l'époque où elle avait troqué ses salopettes difformes contre des robes fleuries. Elle avait changé sa tenue vestimentaire sur les conseils de ses parents, qui s'arrachaient les cheveux en voyant leur petite princesse unique aux longues tresses blondes se prendre pour la version féminine d'Obélix. Elle s'était cassé une jambe en sautant en parachute et avait dû prendre une année sabbatique. Elle en profitait pour s'exercer au sifflet en suivant des cours de flûte.

C'était une belle fille qui s'ignorait, ce qui est plutôt rare. Un sacré pétard ! Bien arrangée, elle aurait pu donner des leçons de beauté à plus d'une femme mais elle se fichait complètement de sa féminité. Elle avait fait couper sa magnifique chevelure pour la remplacer par une coupe garçonne, sans me prévenir, bien entendu. Ça fait tout un choc lorsqu'on ne s'y attend pas !

Pour elle, la vie, c'est comme les autos tamponneuses. Pour s'affirmer, il faut rentrer dans le pare-chocs des autres ; pour se faire respecter, il faut se faire craindre. C'était fatigant et usant à la longue, ce genre de confrontations continuelles. Moi je voulais la paix, pas la guerre. Avec elle, c'était impossible.

Elle était et reste toujours une des meilleures policières qui soient, mais quel caractère ! Les compétences et l'efficacité ne viennent pas nécessairement avec les qualités féminines indispensables. Ça me dérangeait que ma femme soit aussi masculine qu'un homme, qu'elle ne se maquille jamais et qu'elle ne soit pas coquette. J'aurais bien aimé qu'elle s'arrange bien lorsque nous sortions, mais ça ne faisait pas partie de ses préoccupations. Je pensais que la maternité l'aurait adoucie, ce qui n'a pas été le cas. Pour elle, un enfant doit être dressé comme un chien policier.

Elle prenait notre union pour un ring journalier, et cette relation désastreuse a abouti à un divorce. Dès que nous avions une divergence d'opinions, elle boudait pendant des heures si elle avait tort. Une fois calmée, elle essayait de me faire porter le chapeau pour ses erreurs. Dans sa mauvaise foi, c'est tout juste si elle ne me mettait pas en liberté conditionnelle pour me punir et me culpabiliser. Par la suite, elle a refait sa vie avec un gardien de prison, et ils prennent la terre pour Alcatraz. Ils sont les pitbulls de l'univers, les dieux de la moralité.

Mon fils de quatorze ans, que je vois une semaine sur deux, me laisse du temps libre ; de toute façon, même quand il est avec moi, il ne s'aperçoit pas de ma présence. Il est toujours collé devant son ordinateur, dans sa chambre, en train de détruire la planète avec ses jeux de guerre comme *Yuri's Revenge* ou de discuter sur des forums avec ses copains et ennemis anonymes. Enfin, si on peut appeler ça « discuter » se traiter à tour de bras de « morons », « d'épais », de « connards » et de « tarlas ». Souvent, quand il m'honore de sa présence, il passe des nuits blanches avec ses amis virtuels et je le retrouve au matin, le visage dans son clavier, en train de ronfler tout en bavant sur sa souris.

La communication est tellement bonne entre nous deux que je dois lui envoyer un e-mail pour lui dire que la pizza est arrivée. J'ai renoncé à aller le chercher dans sa chambre car celle-ci ressemble à une décharge publique. Les seules choses qui l'allument en dehors de son ordinateur et des voyages, ce sont les grimaces. Il est en plein dans l'âge bête et il paraît que ça dure jusqu'à seize ans. Quand je tente de dialoguer avec lui, il se paie carrément ma tête en louchant et en faisant des parodies de ce que je lui dis.

Chaque fois, en rigolant, il me dit que je viens de lui faire perdre cinq minutes de sa vie à lui raconter du vent. Je suppose que faire le bouffon lui permet d'échapper à la tyrannie de sa mère et d'oublier la mine patibulaire de son beau-père. C'est pour ça que je le laisse aller sans lui en vouloir. Je l'aime profondément.

Flatté par l'intérêt débordant que mon fils me porte, j'ai décidé, il y a deux ans, de m'occuper un peu plus de moi et je me suis inscrit sur Reseaucoeur.com en pensant y découvrir le nouvel amour de ma vie, mais mes démarches n'ont pas été concluantes.

Je suis blasé par ce réseau de cyberdrague car j'y ai tout expérimenté : fausse représentation lors des rencontres, batailles virtuelles, exhibitionnisme et voyeurisme sur les forums et le chat. J'y retourne par automatisme, comme le font de nombreux membres.

Je me suis tellement fait avoir que ça fait belle lurette que je ne crois plus à la magie amoureuse. Je n'ai rencontré que des femmes qui mentaient, qui avaient trop d'exigences ou qui ne me plaisaient pas physiquement. Pourtant, ma fiche de l'époque me ressemblait : « *EliotNess*, brun, quarante-cinq ans, Montréal, un mètre quatre-vingts, etc. ». Plus le texte descriptif : « Je cherche une jolie femme, pas compliquée, qui saura partager avec moi tous les moments intenses de la vie. »

Je me suis fait berner pendant deux semaines en sortant avec une femme mariée. Elle avait eu le culot d'utiliser le pseudonyme *Fidèle35*. Je trouvais ça bizarre qu'elle ne veuille pas me donner son numéro de téléphone et son adresse. Je l'ai suivie et, quand j'ai vu le mari cocufié en train de laver son auto et les enfants en train de jouer au ballon, j'ai compris.

Une autre fois, je me suis fait avoir par *Authenticité01*, qui m'avait caché qu'elle était maniaco-dépressive. Un enfer qui a duré un mois. Je ne comprenais pas comment cette femme plaisante pouvait se transformer en harpie jusqu'à ce que je découvre le pot aux roses. C'est terrible, j'en conviens, mais elle n'avait qu'à dire la vérité.

J'ai aussi fréquenté une femme maladivement jalouse : *Liberté39*. J'ai même dû la menacer de porter plainte à la police car, après notre rupture, elle continuait à me harceler devant ma maison et au téléphone. J'ai rencontré *Elfebleu*, qui m'avait caché ses « légers problèmes d'embonpoint ». Quant à *Roséedumatin*, elle s'apparentait plus au vin qu'à la fraîcheur matinale en raison de son état d'ébriété avancé. J'en ai rencontré deux autres, bourrées de problèmes existentiels : *Joiedevivre et Diamantpur*. Deux soirées de perdues à écouter des salades et à payer la facture parce que ces dames nous prennent en plus pour des banquiers.

Je suis parti quinze jours au Costa Rica pour me nettoyer le cerveau, mais ma cyberfolie a recommencé à mon retour. J'ai correspondu avec *Shakira*, le rêve de tout homme normalement constitué. J'étais, bien entendu, excité à l'idée de voir se déhancher cette copie conforme d'une déesse voluptueuse. Elle avait refusé de m'envoyer sa photo, car elle disait que tous les hommes étaient à ses pieds et qu'elle n'avait rien à prouver. C'est tout juste si elle ne me faisait pas la charité en acceptant de poser un regard sur ma fiche. J'avais choisi un resto chic pour notre coup de foudre.

Finalement, ce n'est pas à Shakira qu'elle ressemblait. Ça m'avait vraiment mis de mauvaise humeur de voir une grande blonde vulgaire habillée d'un pantalon en cuir hypermoulant, avec un gros ventre qui pendait de son minuscule chandail. Il faut vraiment avoir du yogourt dans le crâne pour fabuler à ce point-là. Les femmes se prennent toutes pour des Hélène de Troie. Le pire, c'est que si je me faisais passer pour Tom Cruise elles crieraient au scandale.

J'ai le sens de l'humour assez développé par la force des choses, mais *Mandragore* m'a fait douter de ma santé mentale avec ses inventions pittoresques. Elle travaille comme prestidigitatrice dans une école qui enseigne des tours de magie. Elle est très populaire auprès des élèves pour ses trouvailles inusitées. Elle ne se contente pas de faire apparaître des pièces de monnaie ou des mouchoirs en soie derrière les oreilles. Oubliez ça aussi, les colombes qui sortent d'un chapeau haut-de-forme ou un poussin extasié qui sort d'une manche.

Mandragore est spéciale. Elle faisait sortir une mygale de son bustier. Elle faisait aussi apparaître des condoms de toutes les couleurs derrière mes oreilles avec un sourire ironique. C'est vraiment romantique dans un lit. Elle ne cessait pas d'escamoter mes objets personnels, papiers, clés, permis, pour des pissenlits que je retrouvais dans mes poches. J'en avais marre de lui servir de défoulement et de devoir enquêter dès l'aube sur ses méfaits. Notre idylle n'a duré que deux semaines.

Celle qui est restée une énigme, c'est *Mata-Hari*. Elle m'attirait beaucoup, cette belle espionne qui travaillait pour une compagnie d'huissiers, et j'ai vécu une nuit inoubliable avec elle. Elle ne m'a jamais redonné de ses nouvelles. Je me demande encore pourquoi, étant donné que je ne suis jamais parvenu à obtenir d'explications. C'était blessant car je ne suis quand même pas si nul que ça au lit. Je crois qu'elle devait chasser plusieurs lièvres à la fois ou être nymphomane. Elle devait être un peu ailleurs car, au restaurant, elle m'avait dit qu'elle parlait aux arbres. J'aurais pu mener une enquête approfondie sur son silence, mais j'ai horreur de me faire larguer par une bonne femme et d'insister.

J'ai dû mettre les points sur les « i » à *Virgule*, un homosexuel qui m'envoyait des déclarations d'amour et qui menaçait de se suicider si je ne lui répondais pas. *Vahiné*, quant à elle, aurait pu être la femme de ma vie, mais uniquement par correspondance. Autant son intérieur brillait par l'intelligence de son écriture, autant elle ne me plaisait pas physiquement, et j'ai fini par le lui écrire parce qu'elle commençait à penser que j'étais l'homme de sa vie. Elle me trouvait entièrement bien mais elle ne me plaisait qu'à moitié. Ça ne se commande pas, l'attirance. Je n'allais tout de même pas me forcer à l'aimer. Elles sont vraiment bizarres, les bonnes femmes !

Les copines de *Vahiné*, en l'occurrence *Jungle*, *Tahiti*, *Jamaïque* et *Fidji*, me sont tombé sur le dos à bras raccourcis pour me traiter de gros macho prétentieux qui snobe les femmes qui ont des problèmes de poids. Si être macho, c'est aimer les jolies femmes minces, alors je le suis. Est-ce qu'elles tombent amoureuses des hommes qu'elles trouvent moches, elles ? En plus, il faut voir les pseudonymes qu'elles se donnent. On dirait de vraies gamines qui se croient en pleine Halloween. Et ce sont les gars qui trinquent pour leurs pâtés de sable. Elles sont toutes persuadées qu'elles sont de belles princesses et qu'elles ne méritent que les hommes les plus riches et les plus beaux.

Et si elles le disent, nous, les gars, nous avons juste à nous écraser ; si nous ne sommes pas d'accord, c'est que nous sommes tous des innocents. Elles se prennent carrément pour nos mères. Il y a une raison à cet abus de pouvoir : nous sommes trois fois plus nombreux qu'elles sur les sites de rencontre. Alors, elles en profitent pour nous narguer et décider de tout. Elles savent très bien qu'à part une cloche dans mon genre il y aura toujours deux zouaves soumis et plus pour prendre la relève et alimenter leur besoin de domestiquer les hommes.

S'il y avait plus de femmes que d'hommes sur les réseaux de rencontre comme Reseaucoeur.com, les exigences de ces dames reviendraient rapidement à des proportions plus réalistes. J'ai beau essayer de surplomber leur bêtise congénitale, les dames m'attirent toujours autant. Chaque fois, je crois que c'est la bonne !

J'ai eu une bouffée d'air frais avec *Alizé*. Tout un canon. J'étais même étonné qu'elle me choisisse puisqu'elle n'avait que vingt-cinq ans à ce moment-là. J'étais un peu gêné aussi. Elle était adorable, sexy, affectueuse, mais je me suis rendu compte au bout d'un mois, l'émerveillement passé, que ses soi-disant études, son loyer et ses problèmes familiaux commençaient à me coûter cher. Chaque fois que je la voyais, je savais que j'allais signer un chèque. Je veux bien être gentil, je ne suis pas du genre radin, mais il ne faut pas ambitionner non plus. Je me suis dit avec philosophie que je m'étais payé un rêve.

Je pensais avoir trouvé la femme idéale, *Délicatesse*, mais je me suis encore fait avoir. Tout me plaisait en elle, tout sauf sa fichue manie de me parler sans cesse de son ex en faisant des comparaisons sans aucun tact. On peut faire un survol de ses expériences mais on n'est pas obligé d'en parler même en faisant l'amour. Je me sentais vraiment de trop. C'est là que j'ai appris ce que signifie ce qu'on appelle communément un passé pas réglé.

Comme je suis un idiot indécrottable, j'ai récidivé avec *Boucledor*, une coiffeuse, mère d'un ado du même âge que le mien. Je sais que, quand on voit son héritier une semaine sur deux, il ne faut pas être trop difficile sur la politesse et les belles manières. Mais, pour se faire respecter, il faut instaurer une certaine discipline. Je fais en sorte d'avoir une grande ouverture d'esprit en observant avec patience l'ego naissant de mon fils, mais ça ne me tentait pas d'essayer de déchiffrer le mode d'emploi du fils mal élevé de *Boucledor*. Nos fils se détestaient et, en plus, elle voulait toujours changer ma coiffure en me harcelant avec ses ciseaux. Ça me faisait penser à la journée fatidique où mon ex s'était fait couper son attribut le plus sexy : ses cheveux.

Dans un moment d'égarement passager, je suis tombé amoureux fou de *Désirée*, qui avait une photo à faire damner les hommes. Elle avait le tour de les aguicher avec sa plume d'ange sexy et sensuel. Traumatisé par ma chasseuse de scalps, je cherchais un refuge. Pendant dix jours, *Désirée* m'a fait croire toutes sortes de choses dans ses lettres. Elle me flattait tellement que je suis tombé dans le panneau en me prenant pour un héros aux pieds de sa belle princesse.

C'était la première fois que je tombais amoureux virtuellement. Un soir, *Désirée* a insisté pour que nous nous rencontrions. Je ne me suis pas laissé prier et j'ai fait dix kilomètres jusqu'au bar convenu pour m'apercevoir qu'elle m'avait posé un lapin. À mon retour, j'ai eu la surprise de savoir par e-mail que madame me jetait parce qu'elle venait de croiser une autre poire. Non mais, franchement, elles n'ont que ça à faire, les femmes, de nous faire marcher ?

Ce qui a fait déborder le vase, c'est quand j'ai rencontré *Jolipinson*, une fille toute gentille en virtuel mais acariâtre au possible dans le réel. Elle n'arrêtait pas de me couper la parole et, en plus, elle me sermonnait sur les méfaits du tabagisme. Non mais de quoi je me mêle ? C'est indiqué dans ma fiche. Elle me tapait tellement sur les nerfs en parlant comme un moulin à paroles que j'avais envie de lui dire de se taire d'une façon pas du tout polie. La Gestapo, merci bien. Je l'ai déjà eue chez moi. Elles connaissent ça, la douceur et la gentillesse, les femmes ?

Chaque fois, j'ai cru tomber sur la bonne personne et j'ai investi beaucoup d'énergie pour que ça fonctionne, mais je n'aime pas le mensonge. Le pire, c'est que, quand je correspondais avec des femmes qui semblaient équilibrées, elles me disaient qu'elles se méfiaient des hommes manipulateurs qu'il pouvait y avoir sur le site. À n'y rien comprendre !

Dégoûté, j'ai décidé de devenir tordu. Moi qui cherchais une relation exclusive à long terme, j'ai réalisé ce qui suit : lorsque les hommes sont corrects, ils se font jouer des tours dans le dos ou se font éjecter parce que les femmes sont trop méfiantes. Je me suis donc mis à jouer, moi aussi. Je ne me gêne pas pour prendre les femmes comme des numéros. Je me suis endurci de plus en plus et, aujourd'hui, je dois avouer que mon cœur est blindé et que mes scrupules sont inexistants. Je me sers autant des femmes du site qu'elles se servent de moi. C'est devenu un cercle vicieux !

Depuis que je suis inscrit sur Reseaucoeur.com, je ne peux pas me débarrasser du pouvoir hypnotique de ce site. C'est une véritable drogue. Avec Reseaucoeur.com, on peut entrer en contact avec des gens sans se casser la tête et tout en restant dans le confort de son foyer. On peut aussi lire des forums, y participer ou délirer sur le chat. Reseaucoeur.com, c'est un besoin !

D'ailleurs, lorsqu'il y a des pannes de serveur et que plus rien ne fonctionne pendant quelques heures, c'est la panique et tous les membres affichent par la suite un mécontentement démesuré. Pas de chat un soir, c'est l'affolement général, la fin du monde ; on ne plaisante pas avec des choses aussi indispensables, aussi sacrées.

Je me suis fait une bande de copains et copines en participant à des soupers-rencontres organisés par des membres du site. On dirait un buffet chinois : on peut se servir à volonté en draguant toutes les femmes présentes. Il suffit juste d'avoir de l'assurance et de prendre un air détaché. Les femmes sont déstabilisées lorsque la drague est discrète, un brin indifférente. Tout de suite, elles se posent la même question : « Pourquoi reste-t-il si distant ? Je ne lui plais pas ? »

Là, l'affaire est dans le sac. Il y a aussi la technique de l'humour. On dirait que la gent féminine pense que les hommes du réseau sont des bénévoles du festival Juste pour rire. Pour attirer et dérider ces dames, il faut faire les singes ou écrire des poèmes d'amour. Il m'a fallu plusieurs GT pour améliorer mes tactiques d'approche. Parfois, il y a des femmes tellement faciles qu'une ancienne trace de ma conscience m'alerte en me soufflant de ne pas tomber si bas. Elle m'emmerde, ma conscience, mais elle ressemble tellement au souvenir de ma mère décédée que je lui obéis. Pourtant, je l'ai profondément enfouie sous des pelletées de prétextes, cette petite voix douce, depuis que je suis sur Reseaucoeur.com.

Cette fin de semaine, j'ai couché avec *Formule1*. Celle-là, elle était coriace et ça m'a plu de lui chanter la pomme. À la longue, la facilité devient lassante et moins excitante. J'adore me défouler avec les filles un peu hautaines. J'aime bien casser peu à peu leur assurance. *Formule1* est une femme de carrière superbement belle et ambitieuse, froide comme un iceberg, qui semble avoir oublié la sensualité. Une gravure de mode parfaite mais sans âme. C'est tout un défi de parvenir à animer ce genre de femme valorisant mais chiant. Je n'ai éprouvé aucun plaisir à passer la soirée au resto avec *Formule1* et à la mettre dans mon lit, alors qu'elle est le fantasme de beaucoup d'hommes.

Madame fait attention à sa ligne. Elle m'a traîné dans un restaurant végétarien et, en plus de faire le sacrifice de boire de l'eau minérale durant le repas, j'ai eu à subir le supplice d'écouter ma compagne me débiter ses ambitions professionnelles. Pas une seule fois elle ne s'est intéressée à ce que je faisais. Elle ne voyait en moi que son équivalent masculin, une sorte de Ken aux pieds de sa Barbie. Néanmoins, il faut dire que *Formule1* est une femme très attirante. Après le repas, je lui ai donc proposé un verre dans un bar. J'ai bu deux cognacs pour me remettre de la fadeur de ses propos. La seule excentricité de madame au cours de la soirée a été de demander au serveur une cerise confite dans son jus d'orange.

Je m'amusais en l'observant jouer les femmes du monde et se prendre pour une star. À force d'être esclave de son paraître, cette femme est en train de passer à côté de la vie. Elle doit être obsédée par son image. C'est dommage car, si elle était un peu plus naturelle, elle ferait ressortir ses qualités et serait probablement d'agréable compagnie au lieu d'être un spectre de vanité.

Je sais que je suis devenu le pire des salauds et le pire des menteurs, mais je ne peux plus revenir en arrière. Le chat et les forums de Reseaucoeur.com sont mes terrains de chasse favoris. Quand je suis à cours d'inspiration, je consulte mon dictionnaire des citations ou je cite *Le Petit Prince* de Saint-Exupéry. Quand j'emprunte des mots au *Petit Prince*, les femmes fondent et accourent au triple galop pour attirer mon attention en pensant que je suis l'homme idéal. Les bonnes femmes avec leur fichue sensibilité !

D'ailleurs, si ce n'était pas de la sensibilité des femmes, les chaînes de télévision ne passeraient pas autant de romans-savons. Ce ne sont pas les hommes qui regardent *Les Feux de l'amour* ou *Place Melrose*, ce sont juste elles. Aucun homme normal n'aurait la larme à l'œil devant ces pitoyables mascarades où le champagne coule à flots, où tous les acteurs sont beaux et sexy, où les femmes croulent sous les bijoux, les voyages et les réceptions, et où les histoires d'amour délirantes sont encore plus abracadabrantes que celles de Reseaucoeur.com.

Les femmes chialent pour un rien ; elles sont vraiment faciles à apitoyer. Pourtant, elles sont d'une rare cruauté quand elles se moquent des hommes, quand elles sont jalouses d'autres femmes ou quand elles décident de se venger. Elles aiment se convaincre que le Petit Prince est une partie d'elles-mêmes en s'envoyant beaucoup de fleurs, tout comme elles le font sur leurs descriptions. Moi, je ne me sens pas du tout responsable de ce que j'apprivoise. C'est leur problème, plus le mien depuis des lustres.

C'est comme les écrits hypocrites sur les forums et le chat pour bien paraître aux yeux des autres. Chacun est libre de son interprétation et tout dépend de la susceptibilité ou de la maturité de la personne. Même si tout le monde prétend qu'il est indifférent, que ce n'est que du virtuel, la réalité est tout autre. Un soir où il y avait une engueulade sur un forum, *BottéeFatale* s'est fait descendre méchamment en flammes parce qu'elle faisait des fautes d'orthographe. *Patience*, une prétentieuse qui traîne ses savates sur le site depuis quatre ans, en a profité pour se vanter que, en ce qui la concerne, elle se moquait complètement de tout ce que les autres membres pouvaient lui écrire. Cela revenait à dire qu'elle se fichait bien du fait que la pauvre *BottéeFatale* se sente malmenée : cette dernière n'avait qu'à prendre ça avec détachement, comme elle, l'exemple.

Une idée folle m'est passé par la tête pour faire redescendre *Patience* de son arrogance car, même si je suis un salaud, il me reste des notions de politesse et de savoir-vivre. Je lui ai balancé qu'elle était la plus ancienne accro du réseau et une vieille fille avec la tête pleine d'eau ; je voulais qu'elle voie l'effet que ça fait d'être insulté en public. Elle a piqué une crise de rage dix minutes après. Je m'étais payé le luxe d'attendre le lendemain pour lui demander pourquoi elle prétendait des choses fausses, ce qui avait fait rire tout le monde.

La provocation est une source incessante de conflits entre membres. Dès que la journée est grise et pluvieuse, ils se sautent à la gorge en croyant que les autres les agressent et passent leur mauvaise humeur sur tout le monde. Les soirs de pleine lune, c'est encore pire ; c'est le carnage et ils se démolissent en s'insultant tout en divertissant la majorité silencieuse, tous ceux et celles qui les observent et qui suivent avec une assiduité religieuse leurs sagas tragi-comiques. La rivalité est féroce entre les vedettes du chat et celles des forums.

Il y a aussi les martyrs et les crucifiés, qui sont atteints de la maladie de la persécution et qui font des adieux déchirants en déplorant la cruauté de la communauté virtuelle de Reseaucoeur.com. La plupart du temps, ils s'imaginent que les autres membres vont les implorer de revenir, mais personne ne prête attention à leur comédie. Alors, ça les vexe et ils sont de retour une semaine plus tard comme si de rien n'était en se fondant dans la masse ou en changeant de pseudonyme.

Dès qu'il y a du soleil, tout le monde redevient de bonne humeur et pond son petit poème et sa réflexion profonde de la journée. En bon détective, j'ai fait une liste des femmes qui s'expriment le plus dans le but retracer leurs SPM, qui coïncident toujours avec un éclat ou une intervention vacharde. On ne s'y attend pas et vlan ! Quand elles sont radieuses et qu'elles parlent entre elles, elles se complimentent abusivement avec des « ma chérie », « ma chouette », « ma fée », « ma cocotte », « ma sœur astrale », « ma poulette », « ma belle dame », « mon poussin » à n'en plus finir, ponctués de tout aussi excessifs « je t'aime », « smaaaaccckkkk !!! », « ma préférée », « mon prout d'amour », « ma peanut ».

Les soirs où elles sont particulièrement éméchées, elles niaisent sur les forums, après avoir pris un long apéro sur le chat. Elles s'écrivent toutes sortes de bouffonneries. Pour faire oublier leurs folies, elles reviennent le lendemain avec des sujets hypersérieux afin de bien montrer qu'elles sont intellectuelles. Elles s'organisent aussi des brunchs entre femmes en prenant grand soin que tout le monde le sache sur les forums et sur le chat. Elles aiment bien se voir pour mieux se critiquer.

Ce qui est drôle, ce sont leurs rivalités virtuelles en public. Même dans l'anonymat, les femmes se crêpent le chignon. Les plus jolies se pavanent avec leurs photos et se prennent pour les reines des forums ou du chat en prenant une attitude condescendante avec celles qui sont moins belles mais plus intelligentes et plaisantes. Un mélange des deux, c'est rare. Elles se livrent à une véritable guerre de vedettariat ou de drague, car elles aiment avant tout aguicher les hommes pour les transformer en valets. Beaucoup de bons gars se font piéger et se mettent à leurs pieds en pensant obtenir leurs faveurs.

C'est à celle qui écrira le plus de conneries en un temps record. Leurs claviers deviennent des instruments dans la production de romans de science-fiction. Elles entament des sujets dont elles sont évidemment les héroïnes. Les plus populaires, les plus fortes, ont des copines plus faibles qui se collent à elles pour profiter de leur exhibitionnisme. Elles se foutent de notre tête en se plaignant de ne pas trouver l'homme idéal.

J'ai déjà essayé d'en sortir une, *Harpe*, de son clavier mais j'ai constaté qu'elle n'était que virtuelle. Elle était journellement sur les forums et brillait comme une étoile. Son pseudo, sa photo et ses propos faisaient fantasmer tous les mecs. Je me demandais qui elle était véritablement. Cette fille m'ensorcelait et je voulais en avoir le cœur net.

Je suis allé sur *Hotmail*, où on peut obtenir des adresses e-mail gratuitement. Je me suis réinscris sur Reseaucoeur.com sous une nouvelle identité : celle de *Mamanpoule*, une brave femme sympathique, rondelette, maternelle et mariée qui ne vient que pour discuter.

Grâce à ce nouveau pseudonyme, j'ai commencé à faire partie de l'entourage virtuel de la princesse en me faisant passer pour une de ses admiratrices inconditionnelles. Nous avons commencé à échanger des messages privés, puis des lettres dans nos boîtes postales, et la confiance s'est installée.

J'ai su enfin la vérité sur *Harpe*. Cette fille est réellement un canon, mais elle a de graves problèmes de drogue. C'est une insomniaque cocaïnomane. Elle vit une double vie devant son clavier car son existence est un chaos. Elle est danseuse nue, et les forums sont pour elle une façon de se valoriser, de se venger de tous les hommes qui ne la respectent pas. J'ai essayé de l'aider parce qu'elle m'intéressait mais ça n'a servi à rien. Elle est toujours dans un autre univers et je n'ai vraiment ni la vocation ni la patience d'un missionnaire.

En plus, elle ne veut rencontrer personne bien que sa fiche parle d'amour. Le site lui permet simplement d'évacuer son mal de vivre. J'ai trouvé ça moche. C'est autodestructeur d'essayer de sortir quelqu'un du pétrin lorsqu'il ne le veut pas. Comme je suis sa « confidente », j'ai fini par savoir où elle travaillait et j'y suis allé incognito.

J'ai poussé le jeu jusqu'à l'inviter à ma table pour une danse, mais je lui ai offert un verre à la place en la payant d'avance pour pouvoir discuter avec elle. Il n'y a rien à faire ! Elle est sur une autre planète et, même si elle ne s'en rend pas compte, son charme vénéneux doit faire souffrir bien des hommes. Comment une femme aussi magnifique a-t-elle pu en arriver à cette déchéance ?

Toutes mes expériences amoureuses ratées m'ont rendu intransigeant. Les femmes m'ont trop mené en bateau pour que je les épargne. C'est bien beau le romantisme ; elles veulent toutes ça mais la plupart d'entre elles sont des soldats en jupon qui veulent nous dresser, des créatures inaccessibles qui sont toujours dans des états seconds ou des pseudos-fées des forums et du chat qui ne sont que des mirages de mots. Celles qui sont remplies de qualités ne me plaisent pas physiquement ; alors, c'est compliqué.

Les efforts sont à sens unique avec elles, et elles se croient tout permis. De toute façon, aucune femme n'a jamais rien inventé dans l'histoire de la civilisation.

Le pire, c'est que la majorité de ces douces fées prétendent sur leur fiche que « l'intérieur est plus important que l'extérieur », mais elles sont les premières à juger d'après une photo ; si elles n'aiment pas notre photo, il y a peu de chances qu'elles soient enthousiasmées par nos propos. Bon, c'est vrai que moi aussi je suis sélectif sur le plan physique ; je veux être inspiré et je trouve ça normal, mais il manque toujours l'étincelle.

Quelquefois, je divague en m'imaginant tenir dans mes bras une jolie femme attachante dont l'esprit est clair et frais comme une rivière, une femme pleine de tendresse parce que j'en ai marre des femmes dures. Quand ce genre de rêve m'arrive, je me secoue vite car je ne crois plus au père Noël. Les femmes sont toutes bourrées de problèmes et leur liste de revendications ne cesse d'augmenter dangereusement d'année en année. Leurs exigences ne sont vraiment pas raisonnables.

Comme j'avais besoin d'un site Internet pour offrir mes services de filature et d'enquêtes, j'ai contacté *Cyberstar*, une spécialiste en informatique. Enfin, c'est ce qu'elle disait dans sa fiche en proposant un prix spécial pour les membres de Reseaucoeur.com. En fait, c'est surtout sa photo que j'aimais. On la voyait, le buste penché et les seins à moitié à l'air. Tout un panorama ! Pour ne pas payer les taxes, je lui ai fait parvenir deux cents dollars *cash*. Je n'ai plus jamais eu de ses nouvelles. Son adresse était celle d'une boîte postale dans un bureau de poste. Moi, j'avais cru que le numéro était celui de son bureau. Je me suis fait rouler. Pas fort pour un détective !

Les bonnes femmes qui ne se prostituent pas ou ne nous arnaquent pas parviennent quand même à nous prendre pour des imbéciles. Avec elles, il faut toujours que ça coûte quelque chose. Elles veulent l'égalité, sauf avec les portefeuilles. Et puis quand ça ne fait pas leur affaire, nous sommes des malades, des monstres, des fous, des réincarnations de la bête du Gévaudan, des êtres vils et ignobles. Elles n'ont vraiment rien compris, et ce n'est pas demain la veille.

Elles ne se sont pas vues, elles ? Elles se prennent pour les détentrices de la vérité.

J'ai développé une amitié avec *Améthyste*, d'une drôle de façon. Alors qu'elle était novice sur le site, elle s'était ridiculisée et, comme je sortais d'un souper bien arrosé, je m'étais amusé à lui servir de chevalier servant car elle me faisait pitié. J'ai rarement vu autant de naïveté. Elle était restée au stade mental du Petit Chaperon rouge. Au début, je pensais qu'elle faisait exprès mais je me suis vite rendu compte qu'elle n'avait aucune maturité virtuelle et ça m'avait rappelé mes débuts sur Reseaucoeur.com.

Je la connais juste par sa photo. Une petite brune ordinaire au regard enfantin, une réplique d'Amélie Poulin, version extrême. Le genre qui pleure pour un rien et qui s'imagine que la terre est peuplée de gentils lutins roses et de princes prêts à se faire tuer pour ses beaux yeux. Elle croit aussi aux nobles causes et aux grandes valeurs périmées. Elle travaille comme maquilleuse à la télévision ; encore une artiste avec la tête dans les nuages. Décidément, c'est vrai qu'elles viennent toutes de Vénus. Cette petite dinde me prend pour un type de l'âge d'or alors que je couche avec les plus belles femmes du réseau.

Depuis quelque temps, elle a pris de l'assurance et passe ses soirées sur le site en faisant des passages remarqués sur les forums et sur le chat. Elle semble, elle aussi, avoir perdu ses belles illusions du début, et Reseaucoeur.com lui permet de se défouler. Je l'ai étudiée attentivement et j'ai été surpris de constater qu'elle retombe vite sur ses pieds malgré tous les coups de poignard qu'elle a reçus.

Comme elle se confie à moi de temps à autre, j'ai su qu'elle s'était fait abuser par deux sales types, *007* et *IndianaJones*, ce qui n'a rien d'étonnant car elle est la cible idéale pour de beaux parleurs. Elle ignore la chance qu'elle a de ne pas être mon style de femme. Pourtant, je lui ai toujours dit d'être méfiante. C'est bien les femmes ! Elles n'écoutent jamais et n'en font qu'à leur tête.

Je dois reconnaître que, lorsque j'ai senti sa peine, j'ai pensé furtivement aux femmes que je blesse. Pourtant, je n'ai jamais voulu ça mais ce sont elles qui ont commencé ; alors, chacun pour soi à l'ère de l'individualisme et du féminisme vengeur. Je compatis avec tout le monde mais je ne me mêle de rien, sauf de quelques injustices lorsque ma conscience me rappelle à l'ordre, parce que la vie des autres m'intéresse rarement.

Le secret du bonheur, c'est d'être égoïste. J'ai assez cherché à partager de l'amour sincère sans obtenir d'échos et je ne veux plus souffrir en passant pour un trophée ou pour un billet de 6/49. Reseaucoeur.com est juste un champ où je n'ai qu'à me baisser pour cueillir toutes sortes de fleurs et d'orties, toutes aussi inodores les unes que les autres, et j'y butine sans vergogne.

Au moins, *Améthyste* connaît maintenant elle aussi les pièges d'Internet. J'éprouve une certaine sympathie pour elle. Je me sens un peu comme son protecteur car, finalement, elle a vécu les mêmes expériences que moi. Je constate aussi que c'est une fille bien car ses amis virtuels, *Chrysalide*, *Frisbee*, *KingKong*, *Icare* et plusieurs autres, font partie des membres les plus sympathiques de Reseaucoeur.com. J'adore mon fils mais, avec Améthyste, je m'évade et j'expérimente à ma grande surprise la responsabilité d'avoir une sorte de fille virtuelle.

Dans un sens, cette jeune inconnue me réunifie avec la vie, et mes sentiments envers elle ne sont que strictement paternels. Ce surprenant mélange d'ange et de démon est parvenu à m'émouvoir, moi, le dur à cuire, parce que je comprends sa descente aux enfers. Dans l'ombre, je veille sur *Améthyste*, bien que je sache que je lui tape souvent sur les nerfs avec mes conseils de vieux con qui radote. Je la laisse aller sans entrave même si je sens qu'elle me cache quelque chose.

Elle paraît trop sûre d'elle, trop fière, après ce qui vient de lui arriver et ça alerte mon flair de détective. Je vais lui tirer les vers du nez ; je ne veux pas qu'elle dérive dans la solitude et qu'elle dégringole une à une les marches de la fausse plénitude qui la rend esclave de ses habitudes.

J'entretiens des rapports chaleureux avec *Chériemoncafé*, un libraire complexé mais extrêmement intéressant. J'éprouve beaucoup de plaisir à correspondre avec lui. C'est une mine de savoir en plus d'être un type droit. Une qui m'irrite, c'est *Magicienne*. Cette bonne femme maniérée se prend pour la réincarnation d'une déesse atlante et passe sa vie à s'étaler sur les forums et sur le chat parce qu'elle pense avoir un français irréprochable et un haut degré d'évolution.

Elle se prend vraiment pour un génie. Je ne l'ai jamais approchée, sauf pour la ridiculiser, parce que ça ne m'excite pas de conquérir une illuminée, même si elle est jolie. Elle a toujours dans son sillage un chevalier de pacotille aussi vantard qu'elle, *SirLancelot*, qui parasite ses couleurs embrumées. Ils passent leur temps à se pommader et ils se croient au Cirque du Soleil en jonglant avec leurs vanités respectives. Ils emploient des mots impossibles à déchiffrer sans dictionnaire.

Pour passer le temps, je visionne souvent les photos des femmes les plus jolies de Reseaucoeur.com en écoutant Steve Miller Band ou Lou Reed. C'est mon côté voyeur, délinquant et anonyme. Il m'arrive aussi de louer des films XXX. Je ne suis pas fait en bois et ces déesses me font rêver, même si je sais que ce sont toutes des aguicheuses. Sur le site, je les regarde mais je ne leur écris jamais. Mon admiration et mon inspiration de mâle sont secrètes et intimes.

À ma grande surprise, j'ai reçu des réponses de canons que je n'ai jamais abordés. Certaines de ces femmes s'exprimaient comme si elles me connaissaient, alors que d'autres étaient intriguées par mon charisme, comme si je leur avais déjà envoyé des lettres. Je me suis vraiment posé des questions sur ces dames, *Audace*, *Sexygirl*, *Soubrette*, *Libertine* et *Immorale*. Rien qu'à lire leurs fiches pleines de propositions sexuelles, j'ai failli avoir un infarctus. J'aime bien chasser, mais pas des professionnelles, car ça m'ôte tout plaisir.

J'ai eu une grippe et j'ai déserté le site pendant deux semaines. J'ai mis cinq jours à enquêter avant de m'apercevoir que mon fils avait utilisé mon mot de passe pour draguer toutes les filles osées du réseau. Comme il est fort en français, il n'a pas eu de mal à se faire passer pour moi. Il s'en est donné à cœur joie dans sa rébellion d'ado boutonneux et il a tellement bien fantasmé que je ne l'ai pas engueulé. Je me suis contenté de changer mon mot de passe et de le retenir dans mon esprit au lieu de le noter sur un carnet dans la cuisine.

Mon fils m'a expliqué en riant que, de toute façon, il peut s'inscrire sur tous les sites de rencontre qu'il veut en disant qu'il a dix-huit ans. Et c'est vrai. Je le soupçonne d'ailleurs d'être depuis un bon moment sur ces sites, vu sa débrouillardise et son effronterie. Je me suis demandé si ce n'était pas l'explication de plusieurs phénomènes étranges qui me sont arrivés.

Il faut croire que j'ai un sixième sens car mon fils a fini par m'avouer en se tordant de rire qu'il a deux fiches de femme, *Irrésistible* et *Dynamite*, comme membre visiteur sur Reseaucoeur.com, et qu'il adore se moquer des hommes en se faisant passer pour un top modèle. Décidément, la folie virtuelle doit être génétique puisque mon fils en est atteint lui aussi.

Il a utilisé mon mot de passe pour faire changement et se mettre dans la peau d'un ancêtre de mon âge parce que, ce soir-là, il se sentait trop fatigué pour se faire une autre fiche. Je suis sûr qu'il devait être plié en deux en lisant mon courrier dans ma boîte postale, mais il a eu la décence de ne pas commenter ma correspondance. Il a dû sentir que je l'aurais étranglé s'il avait osé le faire. La situation est assez gênante comme ça pour moi. Mon fils connaît mes secrets ; c'est vraiment embêtant pour mon ego de père modèle.

Beaucoup de femmes du site se plaignent de recevoir de nombreuses propositions de mariage émanant des Algériens. Pourtant, il y a plein d'Européens qui veulent s'installer au Québec et qui font la même chose, mais d'une façon détournée. C'est facile : ils et elles se font plein de contacts virtuels, et ensuite il leur suffit d'acheter un billet d'avion. Sur place, ils se font accueillir à l'aéroport, entretenir et héberger par les innocents de cousins canadiens. C'est vrai que ça va dans les deux sens aussi, mais plus rarement.

La mode, c'est un Québécois qui drague une Française ou un Français qui courtise une Québécoise. On est tellement insatisfait de ce qu'on croise chez soi qu'on s'imagine que ça ne peut être que mieux ailleurs. Cet échangisme culturel est, il faut le dire, assez enivrant. En temps normal, je ne pourrais pas côtoyer d'étrangères ; c'est la magie d'Internet qui me permet de le faire. Le cyberespace, c'est le royaume du fantasme où tout devient possible.

J'ai fait une expérience outre-mer complètement délirante avec une Française, *Artémis*. Elle était éblouissante sur le chat et les forums. Un autre rêve d'homme ! Je me disais que les étrangères devaient être moins compliquées que les harpies locales. Je me suis trompé : elle était pire. Au bout d'un mois de correspondance et d'échange de photos, elle a manifesté le désir de venir faire un tour au Québec. Elle me plaisait beaucoup ; je trouvais que c'était une bonne idée et j'étais excité comme un gamin à l'idée d'aller la chercher à l'aéroport pour la guider pendant sa semaine de vacances.

Je l'ai hébergée chez moi et je croyais vivre ce qui ressemblait à l'éclosion d'un amour. Mon enthousiasme s'est considérablement refroidi lorsque j'ai constaté que ma nouvelle compagne continuait à aller sur Reseaucoeur.com pour y prendre ses messages, qui se résumaient à diverses invitations. Elle était adorable avec moi, mais ça m'énervait de me sentir comme un bouche-trou, une escale en attendant mieux. Elle avait une liste de vingt Québécois ! Soi-disant de simples amis. Elle les a tous vus et j'ai accepté ses fugues sans broncher, car une semaine ça passe vite.

Je crois que je ne lui étais pas indifférent, mais c'était une aventurière qui ne cherchait que la sécurité, une femme que son mari avait trompée et qui ne pensait plus aveuglément qu'à elle par vengeance. Je suis resté diplomate parce que plus rien ne m'étonne sur les gens qu'on peut croiser sur Reseaucoeur.com. Et puis, dans un sens, je compatissais car, en amour, je suis aussi perdu qu'elle.

Artémis m'avait même fait remarquer que ma maison était moins luxueuse que celle d'un de ses contacts. Elle m'aimait bien, mais elle m'utilisait pour trouver les conditions gagnantes à une nouvelle vie.

Je ne lui en ai jamais voulu, mais on ne s'est plus parlé après son départ. Un couple de manipulateurs, ça n'aurait pas fonctionné.

Devenir l'esclave d'une femme, ou devoir la combattre journellement, ce n'est pas mon truc. Je me protège trop pour ça et j'ai déjà donné. Pourtant, j'ai beau dire ça, je serais capable de devenir dépendant affectif et fou d'amour pour une femme qui parviendrait à atteindre mon cœur entouré de fil de fer barbelé.

Clartéprofonde, une magnifique métisse, m'inspirait ce doux sentiment profondément enfoui dans mon cœur. Nous nous écrivions des lettres de quatre pages et sa photo me plaisait énormément. Au bout d'un mois, j'en avais marre du virtuel et je voulais la rencontrer, mais elle refusait mes invitations en trouvant toutes sortes de prétextes. J'ai compris pourquoi quand elle m'a finalement avoué que sa photo était celle d'un mannequin. Quand j'ai insisté pour voir sa vraie photo, elle s'est choquée et m'a mis sur sa liste noire en bloquant mes messages.

Non seulement s'était-elle fichue de moi mais aussi m'avait-elle traité de superficiel. Pourquoi les femmes pensent-elles toujours que tous les hommes devraient tomber à genoux devant elles ?

J'ai fini par connaître le secret d'*Améthyste*. Elle veut se reproduire et elle va se servir d'un étalon du site. Je me demande bien lequel elle choisira. Je ne suis pas choqué mais je trouve qu'elle s'égare. Elle vaut mieux que ça. Les expériences amoureuses semblent avoir fait des ravages dans son cœur sensible. Elle a participé à son fameux GT et en est revenue déçue en me disant qu'elle y avait croisé les deux tarés qui se sont fichus d'elle. Elle est méconnaissable dans ses propos. Nous nous ressemblons côté déceptions. Deux âmes en perdition dans un cyberunivers.

J'ai su que j'avais le cancer de la prostate et j'en ai bavé pendant six mois. Six mois de doutes, de solitude extrême et d'angoisses pendant lesquels la peur de trépasser a été omniprésente. Cette douche glacée m'a métamorphosé complètement. Je me suis rendu compte à quel point j'étais perdu et à quel point la vie est un privilège. Jamais je n'avais été confronté à la maladie. Ma sexualité ne sera plus jamais la même et j'ai dû ravaler mon orgueil de mâle.

J'ai réalisé que ma vie était un naufrage basé sur la facilité. Il faut vraiment vivre des coups durs pour prendre conscience que l'existence et l'amour ne sont pas des jeux d'adresse ou des sports extrêmes. J'ai soif d'harmonie et de bonheur. Surtout de simplicité. J'en ai marre de passer d'une femme à l'autre. J'ai envie de vivre paisiblement une histoire d'amour pas compliquée. Je me suis sevré de ma cyberdépendance et je ne passe plus qu'une heure par jour sur Reseaucoeur.com alors qu'auparavant j'en passais six.

Je suis revenu à ma source, comme si j'avais voyagé trop longtemps dans un cauchemar ludique. Ma perception des autres a changé. J'ai besoin d'amour et je suis prêt à me livrer corps et âme à la femme qui ne me jugera pas. Avec ma sensibilité nouvelle, mon cœur s'est libéré de ses cadenas en s'adoucissant. J'ai décidé de ne plus voir le mal partout et de me laisser porter par mon intuition en délaissant mon instinct d'enquêteur.

Je me sens bon, sage et ouvert. En fait, j'ai tellement eu la frousse de crever que je me suis promis toutes sortes de choses si je me sortais indemne de mon cancer. Il faut que je tienne parole et que je me souvienne des prières secrètes que je faisais dans mon lit, en pleurant comme un enfant, lorsque j'étais dépressif.

Je crois avoir trouvé la perle rare, dont le pseudonyme et la personnalité m'ont interpellé. Je corresponds depuis deux mois avec *Renaissance*. Nous n'avons jamais échangé nos photos car nous sommes sur la même longueur d'onde, sans aucune superficialité. Je ne me reconnais plus. À présent, je ne suis plus obsédé par le physique même s'il est important pour le déclic. J'ai pleuré en relisant *Le Petit Prince* alors que je ridiculisais ce texte, que je le jugeais simpliste et enfantin. Je n'en suis quand même pas réduit à sortir ma boîte de mouchoirs en regardant des téléromans, mais ma sensibilité est à fleur de peau.

J'aime *Renaissance* sans la connaître. Cette femme m'attire comme un aimant car elle sait lire en moi, et moi en elle. Tout se situe bien au-delà de nos enveloppes corporelles. C'est la fusion des esprits. Je n'ai jamais connu ce lien étrange, cette sensation de trouver une oasis dans l'autre et de l'aimer plus que soi-même, de tenir vraiment à lui. Je présente tous les symptômes du vieux con amoureux sur le retour qui se cherche une béquille. Un Warren Betty essoufflé et subjugué. Il suffit juste d'une femme pour nous faire chavirer, nous les hommes, une seule, l'unique.

Je l'aime tellement que, peu importe son physique, elle est la femme de ma vie. Celle que j'ai toujours espérée. Elle m'a trop pénétré en profondeur pour que je puisse la renier. Elle pourrait avoir deux têtes, huit oreilles, un groin, quatre cornes, six jambes et être grosse comme une montgolfière, je m'envolerais avec elle pour faire exploser les nuages. Et puis, il ne faut pas que je sois défaitiste. J'aurai peut-être une bonne surprise aussi. Je me sens tout petit devant elle, cette grande dame qui a ravi mon cœur.

Je sais que *Renaissance* a souffert, tout comme moi. Elle est toujours à mon écoute avec délicatesse, sans juger. Je lui ai raconté toute ma vie dans les moindres détails. La transparence la plus complète. Je ne lui ai rien caché, même si c'était à mon désavantage. Elle a été ma thérapie salvatrice, mon étincelle. *Renaissance* est un peu plus discrète que moi. Je sais peu de choses d'elle sauf qu'elle aime me lire derrière son clavier.

Je sais qu'elle travaille dans une garderie et qu'elle a eu, elle aussi, une existence chaotique. J'ai besoin d'une femme pour me materner ; ça me fait du bien qu'elle soit aux petits soins avec moi. Parfois, j'en rajoute pour qu'elle s'inquiète et redouble d'attentions. J'ai l'impression de boire un biberon d'amour. Alors, évidemment, je rêve de ses seins. Elle a accepté enfin que nous nous rencontrions. Cette fois-ci, je suis vraiment responsable de ce que j'ai apprivoisé.

Je me sens comme un gamin gêné et timide. J'ai terriblement peur. Et si c'était une sorcière qui allait encore me détruire ? Je me livre à elle poings et pieds liés. Je suis amoureux fou de *Renaissance*. Nous allons nous rencontrer dans un parc pour communier avec la nature et célébrer notre amour. Je me suis préparé à tous les chocs possibles et je resterai imperturbable.

L'idée de lui demander sa photo m'a quand même démangé, mais je n'ai pas osé de peur de la fâcher. J'ai cru déceler un petit volcan sous sa douceur apparente. Et si elle avait mauvais caractère ? C'est impossible puisqu'elle travaille avec des enfants. Et puis elle n'aurait pas été aussi patiente avec moi. Je sais qu'elle est grande et brune. Je la vois comme une fée au regard doux et aux gestes gracieux. Finalement, je me rends compte que je ne connais rien d'elle, car c'est toujours moi qui lui raconte ma vie en long et en large. C'est tellement agréable de parler de soi-même sans être interrompu. Bon, voilà que je recommence.

J'ai demandé à *Améthyste* de sonder *Renaissance* pour avoir une longueur d'avance lorsque je rencontrerai ma douce. On a beau dire, le naturel revient toujours au galop, et mon flair d'enquêteur aussi. Maintenant que ma santé va mieux, j'ai tendance à oublier mes bonnes résolutions et mes promesses. *Améthyste* saura me donner une vision juste de *Renaissance*, et puis les femmes sont toujours des commères entre elles. On dirait que c'est un don inné, chez elles. En échange, je lui donne mon avis sur les différents donneurs de sperme pour son cyberbébé, parce qu'apparemment elle est plus décidée que jamais à aller au bout de sa cyberaventure.

chapitre 3

Magicienne

Je suis une des reines vénérées et détestées, selon le cas, de Reseaucoeur.com depuis deux ans. Plutôt que d'être manipulée, j'ai toujours tiré les ficelles pour me protéger. Je préfère chasser qu'être le gibier. Dans leur profonde bêtise, les hommes qualifient une femme de superficielle, féministe et contrôleuse. Moi, j'appelle ça avoir les pieds sur terre et ne pas croire toutes les balivernes de ces messieurs, qui sont plutôt rapides à magnifier leur insignifiance.

Ma fiche dit que je suis une jeune femme rousse de quarante-deux ans, que je suis fonceuse, sélective, que j'aime les échanges profonds, la luminosité de la vie, la grandeur des âmes, que je cultive l'empathie, que je cherche un homme exceptionnel et cultivé. C'est vrai en partie mais, à force de prendre des coups ou d'en donner, mes désillusions m'ont rendue incapable de faire confiance à quiconque.

Je suis une femme de caractère, directrice d'une école primaire, une femme qui n'aime pas se faire marcher sur les pieds. Les défis, la jalousie et les rivalités, je les expérimente tous les jours ; alors, je n'ai pas été dépaysée sur Reseaucoeur.com, où on retrouve les mêmes travers humains. Il y a trois ans, mon mari, qui est psychologue, a demandé le divorce parce qu'il trouvait que j'étais trop ambitieuse, trop dure, trop distante, et que je manquais de fantaisie.

Il en est venu à cette conclusion après avoir essuyé mon refus catégorique chaque fois qu'il voulait me passer au scalpel avec ses différentes approches psychothérapeutiques. Il était hors de question que je me laisse aller à la confidence avec lui parce que je n'aime pas parler de moi, sauf pour me faire mousser à mon travail. Il est revenu plusieurs fois à la charge en louangeant perfidement les bienfaits de l'orientation psychodynamique et analytique, de l'orientation existentielle et humaniste, de l'orientation béhavioriste et cognitive, de l'orientation systémique et interactionnelle, ainsi que des approches corporelles. Chaque fois qu'il m'énumérait le choix des psychothérapies, il essuyait un non énervé et catégorique de ma part car j'avais l'impression d'avoir une maladie incurable.

Mon mari a dit qu'il était urgent pour moi de faire sortir le coucou suisse qui était prisonnier dans ma tête. Il a ajouté qu'il avait attendu que nos filles soient majeures pour me dire ce qu'il pensait de moi. Mes filles m'ont reproché, quant à elles, de ne pas les avoir élevées, d'être froide et égoïste. Je n'ai pas du tout apprécié l'analyse de mon époux au bout de vingt ans de mariage, ni celle de nos deux filles âgées de dix-huit et vingt ans.

Je n'ai pas plié devant leurs accusations ni fait amende honorable pour me faire pardonner parce que je suis trop orgueilleuse. Ils m'ont gravement offensée et remise en question mais je ne leur ai jamais montré, ni jamais pardonné de l'avoir fait, car je ne m'étais rendu compte de rien tellement j'étais absorbée par ma vie professionnelle. Pour moi, c'étaient eux qui étaient injustes, pas moi. J'ai confondu ma vie professionnelle et ma vie privée naturellement, sans aucune malice. Pourtant, mes filles ont toujours été couvertes de cadeaux et elles ont eu une vie facile même si c'était ma mère qui les élevait.

Depuis cette mutinerie familiale, j'ai conservé la maison et le chien. Mes responsabilités professionnelles m'absorbent moins et, en dehors de mon travail, ma vie se passe depuis deux ans sur ce fichu site de rencontre qui fait tant de mal tout en étant une vraie drogue pour les esseulés, les blessés par la vie et les nouveaux membres naïfs des deux sexes. Ce site me procure l'oubli et me permet de chasser tout mon mal de vivre, toute la souffrance que je ne peux exprimer, toute la culpabilité qui me hante, en me coulant dans une autre personnalité pour briller.

Depuis que je suis sur Reseaucoeur.com, j'ai appris à me faire respecter sur les forums et sur le chat, deux endroits fabuleux pour se faire remarquer par les autres membres, même si je me fais souvent attaquer par des simples d'esprit. Une fois, j'entamais un sujet d'intérêt public sur les avantages de la réincarnation et le détachement matériel, mon dada favori, lorsque mes faux ongles ont glissé sur les touches de mon clavier.

Je voulais charmer de nouveaux admirateurs en leur expliquant toute l'utilité qu'il y a à étaler nos erreurs sur plusieurs vies. Surtout, j'adore qu'on me prenne pour une grande prêtresse cosmique, issue de l'explosion originelle, qu'on m'appelle « Ma reine » ou « Ma déesse ». Le virtuel est devenu mon vice. J'aime la flatterie. Je la recherche parce que c'est ma façon de me venger du monde entier. Donc, disais-je, je mettais subtilement mon entregent en valeur lorsque j'ai malencontreusement écrit « entrejambe… »

Quelques jaloux qui me détestent ont sauté sur l'occasion pour détruire la puissance de mes propos en se fichant de moi. *EliotNess*, mon ennemi juré, menait les attaques avec sa bande de vassaux. Heureusement, j'ai une alliée, *Cléopâtre*, une rivale que j'ai asservie en la flattant. Elle est intervenue en écrivant toute l'admiration qu'elle éprouve envers mon indiscutable savoir. Nous avons convenu d'un pacte de non-agression depuis trois mois et nous nous déroulons le tapis rouge à tour de rôle. Cette cruche s'était déjà fait ridiculiser, à ma grande joie, lorsqu'elle avait plagié un poème de Baudelaire.

Beaucoup de membres s'étaient extasiés devant le talent de *Cléopâtre* et j'étais verte de jalousie, jusqu'à ce que *Fantomas* la dénonce avec virulence. Comme elle était à terre, j'en avais profité pour lui asséner le coup de grâce en me révoltant contre son mensonge alors qu'il m'arrive souvent de faire la même chose. Ce jour-là, elle a enfin compris qu'il valait mieux être avec moi que contre moi. Je n'avais pas oublié le jour où elle s'était fichue de moi parce que j'avais un peu trop bu et que j'écrivais en trois dimensions un texte sur les effets néfastes de la drogue.

J'avais chaleureusement félicité *Fantomas* en privé, pour me valoriser, en lui confiant que Baudelaire était en communication avec moi, que nous nous étions connus en Atlantide. Ce jeune coq arrogant de *Fantomas* m'avait répondu que j'étais une cinglée et conseillé de délirer ailleurs que dans sa boîte postale. Ce dégénéré est dorénavant sur ma liste noire. Il est évident que ses sept chakras sont irrémédiablement bouchés, comme ceux de *Trottinette*, une petite sotte qui le suit à la trace et qui se pâme devant lui en l'inondant de sourires radieux parce que sa photo représente un beau gars musclé à moto.

Quand je constate que mes sujets ésotériques ne font pas l'unanimité ou que mon indice de popularité bat de l'aile, je prends un ton hautain comme si j'avais affaire à des demeurés. En leur faisant croire qu'ils n'ont rien compris, je m'évite la corvée de devoir m'expliquer. Il y a toujours quelques moutons serviles qui m'approuvent et qui me redonnent du pouvoir pour se faire remarquer dans mon sillage. Je m'identifie à Sharon Stone dans le film *La Muse*, qui prouve bien que la folie est créatrice.

J'aime cette vie parallèle, cachée derrière un écran, où je peux choisir qui je veux être, sans craindre qu'on connaisse véritablement ma vie. Avec tous les bouleversements planétaires qui se passent dans ma tête, je rêve d'un monde dont je serais la souveraine. J'adore guider les gens et montrer le droit chemin à leurs âmes pour leur éviter d'encombrants karmas. C'est ma mission sur terre ; j'en suis persuadée depuis que j'ai lu des livres sur les secrets de l'univers l'hiver dernier. De plus, le fait que je sois directrice d'une école, donc une meneuse, est un signe qui ne trompe pas.

Auparavant, je n'avais jamais eu le temps de lire ce genre de livres car j'étais une cartésienne, plutôt classique. Tout ce qui dérogeait à mes idées préconçues ne m'intéressait pas. Ces lectures, mes seules amies, m'ont interpellée et comblent à présent un grand vide dans ma vie. J'ai besoin de m'aimer. Je suis différente des gens tout simplement parce que, dans une autre vie, j'étais une grande prêtresse atlante. C'est une évidence. C'est *Hippy68* qui m'a dit ça en échange de ma contribution de cinquante dollars pour défendre la cause des autistes rwandais.

J'ai su que j'avais été non seulement une grande prêtresse atlante, mais aussi une divinité égyptienne, une déesse grecque, une impératrice romaine, une reine médiévale et Marie-Antoinette. Ma réincarnation actuelle est le fruit de ce long cheminement positif qui me détache de ce monde cruel. Si je perdure dans cette voie, j'atteindrai la perfection dans ma prochaine existence. Ces faits m'ont été confirmés par un marabout africain que j'ai consulté dans un marché aux puces ainsi que par mon sous-directeur, qui est fasciné par les vies antérieures. Il a été Ramsès III ; alors, il en connaît un rayon.

En deux ans, j'ai croisé un tas d'énergumènes sur Reseaucoeur.com. Je me suis laissé séduire par *LeSaint*, un médium, qui m'avait invitée à un souper aux chandelles à son domicile pour me parler de l'arrivée prochaine des extraterrestres et me révéler un secret en toute amitié. J'ai fini par accepter en toute confiance l'invitation de ce guide spirituel au bout de trois semaines de correspondance assidue. En virtuel, il aurait été capable de me convaincre qu'on pouvait atteindre le nirvana en se soignant avec des légumes, du lait de chèvre ou du chocolat tellement il m'impressionnait.

J'étais fière d'être la confidente de cet homme si ensorcelant et j'avais senti que je n'avais rien à craindre en me rendant chez lui. Les femmes du site ont tendance à croire qu'on peut croiser l'étrangleur de Boston. Pourtant, à la discothèque, le risque est le même lorsqu'on suit un inconnu.

Sa photo sur le site était floue et j'ai compris pourquoi. Il ressemblait à un mélange de lutteur et de bonze tibétain alors qu'il mentionnait sur sa fiche un poids santé. Il vivait dans un petit appartement rempli de quartz, de boules de cristal, de bougies. La table et le souper étaient impeccables et, au bout de trois verres de vin, j'ai continué à le trouver aussi magnétique que sur le réseau car il ne me draguait pas. Tout ce qui passionnait *LeSaint*, c'était de parler des vaisseaux spatiaux qui étaient, semblait-il, à nos portes. Il se considère comme le messager du Christ qui vient prouver que les extraterrestres existent et sont bienveillants.

À la fin du repas, au bout de la seconde bouteille de vin et de quelques digestifs, il m'a tendu une fine cigarette en me disant qu'elle était initiatique et que son pouvoir me guiderait en m'apporterait le souffle de la vérité. Je suis non fumeuse et je me suis étranglée en fumant son mystérieux calumet. C'était la première fois que je prenais une cuite et que je fumais un joint. Mon mari et mes filles n'en reviendraient pas de surprise s'ils savaient ça, vu ma réputation de rabat-joie.

LeSaint m'a enfin confié le troublant secret qui m'intriguait tellement : en tant que grand ami des extraterrestres, il est leur agent de voyages sur terre. Il m'a proposé de me réserver une place à bord d'une de leurs soucoupes volantes pour vivre la sérénité, le bonheur et l'immortalité sur leur planète. Tout ça pour la modique somme de vingt mille dollars. Tandis qu'il me parlait, j'avais l'impression d'avoir avalé un clown et j'ai commencé à avoir un fou rire incontrôlable. Jamais je ne m'étais encanaillée autant, jamais je n'avais ri autant ; il faut dire que je ne possède pas un grand sens de l'humour.

Heureusement que j'avais pris un taxi pour venir chez *LeSaint* ; j'en suis repartie de la même façon après que celui-ci eut compris que sa tentative d'escroquerie avait échoué, ce qui ne l'empêcha pas de m'insulter en me traitant de vieille poule. Par la suite, *LeSaint* a évité de me parler sur le site. Il se doutait que je l'aurais dénoncé s'il m'avait ridiculisée sur les forums et sur le chat.

J'ai ri souvent de cette soirée et j'avais hâte de récidiver. J'ai osé demander à cette crapule de *LeSaint* de me vendre de l'herbe magique et nous avons fait la paix. Il est devenu mon fournisseur attitré et nous sommes restés amis par la force des choses.

De toute façon, en sachant toute la corruption qui règne et tous les pots-de-vin qui circulent dans le milieu de l'éducation, je ne me sens pas coupable de muer et d'avoir un nouveau côté délinquant qui me permet d'encourager mon instinct de survie en m'amusant à dérailler pour oublier mes tourments.

J'adore fumer un joint dans un parc avec mon chien, mais j'évite de me promener dans celui qui se trouve derrière mon domicile pour ne pas y rencontrer mes voisins. En marchant, je m'imagine en frémissant de terreur des crocodiles à la gueule ouverte, des plantes carnivores ou des calmars géants qui surgissent des bassins, des Indiens sur le pied de guerre qui sont cachés dans les buissons et qui cherchent à me kidnapper pour assouvir leurs bas instincts ; j'ai l'impression de voir des visages sur les troncs d'arbres et je confonds les grosses pierres rondes avec des œufs de dinosaure.

Je prends aussi tous les promeneurs que je croise pour des extraterrestres ; je lis leur aura en riant toute seule du regard intrigué qu'ils me jettent, et je parle avec les canards et les libellules tout en devinant encore la présence d'Indiens ou de yeti libidineux cachés dans les roseaux. J'ai croisé aussi à plusieurs reprises un drôle de type en bermuda qui arrivait au parc avec une glacière pleine de bières et qui en repartait avec une glacière pleine de poissons. Il fait croire au gardien du parc que son épuisette est un filet à papillons.

Ce retraité m'a confié officieusement qu'il préfère consommer les poissons frais des bassins plutôt que les produits surgelés. Comme il est veuf, je lui ai donné les coordonnées de Reseaucoeur.com. Il s'y est inscrit sous le pseudonyme de *Carpesolitaire*.

Lorsque je m'assieds sur un banc, je fais fumer mon chien. Il préfère ça à un os ou à une balle en plastique ; il est épicurien comme moi, comme nous tous d'ailleurs lorsque nous nous laissons aller en appréciant uniquement le moment présent. Il adore faire de la plongée sous-marine dans les bassins en prenant les canards effarouchés pour des sirènes. Il aime aussi faire la course aux écureuils et aux ratons-laveurs autour des poubelles. Mon chien est la seule créature vivante qui me comprenne. Il devait être mon meilleur ami ou mon frère dans une vie antérieure.

Je ressemble de plus en plus à mon pseudonyme *Magicienne*. Parfois, j'ai l'impression de me transformer en bande dessinée. Un signe de plus qui confirme mon essence féerique et mon appartenance incontestable à une race supérieure. Jamais je n'aurais pensé pouvoir m'amuser autant. Je me sens vraiment bien ; c'est comme si, vingt ans plus tard, je vivais une adolescence que je n'avais pas eue. C'est vrai que, lorsque j'étais ado, seul le but de performer m'intéressait. Je voulais être la première partout et je ne faisais qu'étudier sans relâche. Déjà, je n'étais pas comme tout le monde. Un autre signe révélateur : je suis tout simplement un phénomène inexpliqué depuis ma naissance.

Ma nouvelle existence me plaît tellement que j'ai commencé à cultiver plusieurs plants de marijuana dans mon sous-sol et dans mon jardin, et je maîtrise maintenant toutes les techniques de jardinage. J'ai vraiment le pouce vert et j'essaie toutes sortes de variétés de graines que me procure *LeSaint* en échange de tuyaux sur des membres de Reseaucoeur.com qui croient aux soucoupes volantes.

Au diable les massifs de roses et de tulipes bon chic bon genre d'autrefois. J'ai planté des tournesols et des pavots géants, et j'ai mis une guirlande électrique multicolore sur mes trois érables pour montrer à mes voisins que le divorce me réussit bien. Je sais pertinemment que, malgré leurs bonjours polis, ils commentent ma vie, parce qu'il est rare de voir des voisins qui se mêlent de leurs affaires.

J'ai mis des mangeoires d'oiseaux partout pour que mon chien s'amuse dans cette volière enchantée où se croisent les geais, les colibris, les merles, les hirondelles et les bruants. Je ne suis pas seulement une grande prêtresse atlante, je suis également la fée de la nature.

J'expérimente aussi un tout autre genre de décorations dans ma demeure. J'ai fait encadrer mes fenêtres avec des néons orange et mauves, car je fais la vaisselle en dansant et j'aime bien m'imaginer que je suis dans une discothèque. L'électricien qui les a posés me regardait bizarrement ; il m'a fait penser à mon ancien Moi rigide et coincé. Je fais une collection d'horloges suisses avec des coucous que je règle pour faire sortir à différentes heures ; ils symbolisent ainsi mes nombreuses pulsions spontanées trop longtemps refoulées.

Ma tenue vestimentaire aussi a changé. J'adore les grands foulards aux couleurs vives et le look hippy. Comme je suis une extrémiste, je porte des tenues de soirée à paillettes lorsque je sors avec un membre de Reseaucoeur.com pour faire un peu de social afin de ne pas passer mes soirées en tête-à-tête avec moi-même. Je vais souper au restaurant une fois par semaine avec *Monseigneur*, un astrologue impuissant qui n'est pas toujours à prendre avec des pincettes, mais qui est très cultivé et très agréable pour une soirée. Nous nous servons mutuellement d'escorte en nous habillant comme des vedettes.

Monseigneur me fait mon horoscope hebdomadaire gratuitement et, en échange, je lui adresse de nouveaux clients. J'adore faire du troc d'influence et d'idées. Cette manie me vient de mes voyages au Mexique, où le marchandage est roi.

Je n'ose pas lui dire qu'il devrait cesser de séparer en deux la seule mèche qu'il lui reste sur son crâne chauve. Pourquoi s'obstiner autant par coquetterie au lieu de tout raser ? Pourquoi ne pas accepter l'alopécie ? En plus, ça lui irait bien et il serait moins ridicule. Pourquoi les gens qui veulent faire partie des sages et des éveillés ont-ils tous une allure pleine de contradictions, une allure qui ne correspond pas du tout à ce qu'ils clament ?

Avec *Monseigneur*, je plane sur les signes du zodiaque et sur les éphémérides. Ça explique tout. C'est la faute de l'astrologie si je m'entends mal avec les gens, car c'est l'exutoire idéal pour faire l'autruche. Et moi qui pensais que ça venait de mon caractère, tout ça à force d'être conditionnée à me l'entendre dire par un spécialiste, mon ex-mari, qui me martelait constamment la tête en tentant de me persuader que je n'étais pas normale.

Pour régler mon problème de domination, j'ai décidé de ne parler dorénavant qu'à des gens du même signe que le mien et aux ascendants compatibles. Je ferai juste une exception pour mes collègues de travail car je n'ai pas le choix.

Je participe à un atelier de rêves grâce à *Sœurvolante*, une copine de *LeSaint*, qui explique la signification des songes. Elle me dépasse largement en folie mais j'adore sa compagnie. Enfin une amie, moi qui, par méfiance, n'en a jamais eu. J'adore son accent italien, sa longue tresse noire et son accoutrement baroque. Je lui ai fait part des visions que j'ai dans le parc et elle m'a dit que c'est tout à fait naturel, qu'il lui arrive la même chose que moi depuis des années. Ce dont je ne doute aucunement, vu la gigantesque pipe à eau en laiton marocain qui trône sur sa table de salon.

Nous avons étudié tous les thèmes oniriques pour décrypter le langage de nos rêves lors de longues soirées remplies de volutes bleues. D'après *Sœurvolante*, mes visions animalières représentent mes besoins bestiaux primaires. Je me doutais bien qu'il y avait un mystère quand je voyais au loin dans le parc des créatures mi-homme, mi-cheval, au torse viril, des hommes nus à têtes d'animaux et des ornithorynques ailés.

J'ai décidé de suivre un cours d'hypnose avec *Initiée16*, une copine de Reseaucoeur.com. J'avais toujours pensé qu'on se servait d'un pendule et j'ai appris que je détenais ce pouvoir par la force de ma pensée. J'ai obtenu un diplôme d'hypnothérapeute mélangé avec un cours de transmission de pensée en une fin de semaine. Nous étions dix à débourser chacun deux mille dollars.

Nous avons passé quinze heures de cours à nous confirmer que nous avions des dons surnaturels, et ce, en toute humilité. Nous étions très fiers de nous lorsque nous avons obtenu notre récompense. Avec mon diplôme à la main, j'avais l'impression d'avoir obtenu le prix Nobel de la connaissance et de la maîtrise du subconscient, inaccessible au commun des mortels.

Depuis, je teste mon pouvoir hypnotique sur tous les gens que je connais, mais ça marche difficilement. Ils sont simplement moins évolués que moi ; c'est la seule explication logique. Je me pratique beaucoup sur mon chien, qui devient de plus en plus excentrique. Quand nous fumons et que je le fixe gravement pour pénétrer son hypothalamus, il va chercher sa balle en aboyant au lieu de m'encourager à l'envoûter par la force de mon esprit. Il doit y avoir une dysfonction dans les postes de commande et les relais de son hypophyse. Il a pris l'habitude de se coucher sur le dos dans la baignoire et, au parc, il a uriné sur une dame qui se faisait bronzer.

Heureusement qu'il y a eu *Aérospirit*, un professeur de yoga qui vit dans un ashram des Laurentides et qui fait de la psychothérapie animale. Il m'a rassurée en me disant que mon chien vivait une crise de pouvoirs extrasensoriels, et que ça devait être juste une petite névrose passagère. En attendant, il me conseille de faire comme si tout était normal pour ne pas éveiller les soupçons de mon chien, ce qui pourrait le rendre encore plus extravagant.

Je me suis découvert une passion pour les talismans en clavardant avec *Pantacle*, qui se prend pour un porte-bonheur. *Pantacle* possède toutes les recettes de fabrication des talismans et il les vend par correspondance tout en cherchant une femme sadomaso. J'ai payé deux cents dollars pour le cérémonial, l'hymne à Paracelse, les secrets de la cabale, l'influence cosmique des cercles, l'hommage aux esprits des quatre points cardinaux, le culte du soleil et de la lune, plus l'étoile à cinq pointes, enceinte au sens propre comme au sens figuré de formules magiques irréfutables, tenues secrètes et uniquement destinées à l'élite.

Je n'ai pas obtenu de diplôme ; pourtant, j'ai essayé tous les talismans. J'en ai déduit qu'il me fallait aussi maîtriser les prières et les incantations pour inspirer la source vive de mon savoir. Ça n'en a pas l'air comme ça, mais ça coûte cher, toutes ces révélations qui font de nous des êtres uniques, au-dessus des autres. Je me suis donc mise à la magie pour parfaire ma trajectoire terrestre. Il est essentiel que je connaisse tous les outils de la manipulation divine puisque je suis la messagère du Tout-Puissant. Je suis la Circé de Reseaucoeur.com.

J'ai fait un pacte avec *LeDiable*, un comptable qui mène une double vie de sorcier guérisseur. En échange d'une photo de moi en petite tenue, il m'a envoyé une vingtaine de photocopies de formules magiques. Il avait besoin de ma photo pour personnaliser les prières. J'ai testé les codes secrets pour parler aux anges et soigner mon rhume des foins, mais ça n'a pas fonctionné. C'est sûrement dû à un manque d'entraînement.

À présent, j'aime bien l'originalité et je mélange mes prières occultes avec des mantras fournis aimablement par *GourouSoleil*, un travailleur autonome qui se fait de la publicité pour la petite entreprise à but non lucratif qu'il monte dans son sous-sol. Il précise d'ailleurs que son offre gratuite de mantras se termine dans une semaine ; il insiste sur le fait qu'il faut se dépêcher de s'inscrire pour être membre de sa société secrète en déboursant une somme d'argent symbolique qui servira à défendre la survie des bœufs sacrés au Népal.

J'ai sympathisé avec *Émotif72*, un poète qui déposait chaque jour de jolies rimes dans ma boîte postale. Au début, j'étais enchantée d'avoir un adorateur et j'étais certaine que ça venait du magnétisme qui irradie de mon âme. Je trouvais ces petites attentions charmantes, mais c'est vite devenu harcelant et irritant. Dix poèmes chaque matin et dix le midi, ça gâchait ma journée. Le soir, *Émotif72* me décrivait des couchers de soleil, la fragilité d'une biche dans un bois, le battement d'ailes d'un papillon, l'éclosion des marguerites dans les champs, le frétillement d'une truite dans un ruisseau, la beauté de la pleine lune sur un iceberg et la caresse du vent sur une orchidée.

Avant de le mettre sur ma liste noire pour bloquer ses débordements épistolaires, j'ai essayé de lui faire comprendre avec diplomatie que je ne pouvais plus supporter son inondation verbale. Sa réaction m'a stupéfiée. Il m'a écrit qu'il pleurait comme un torrent devant son ordinateur à cause de mon rejet, qu'il était en pleine dépression et que j'étais la seule qui le supportait.

Je compatis à sa souffrance mais ce n'est pas ma faute s'il est capricieux. Pourquoi devrait-on avoir tous les droits, comme ceux de casser les pieds aux autres et de s'imposer, tout ça parce qu'on est dépressif ? Qu'est-ce qu'il s'imagine ? Que je suis un modèle d'équilibre et un remède magique ?

Ma nouvelle perception des gens et des choses se répercute dans mes activités professionnelles. La directrice d'école primaire tyrannique que j'étais a fait place à un nouveau Moi, visionnaire et tolérant. Fière de mes pouvoirs hypnotiques, j'ai proposé à mes élèves de peindre des fresques sur tous les murs de l'école primaire, et j'ai corrompu mon sous-directeur en le faisant fumer pour qu'il réalise la portée de mon idée créatrice et grandiose sur l'imaginaire de nos élèves. Entre les études et les peintures murales, les élèves sont trop fatigués pour faire de mauvais coups. Pour les achever sainement, j'ai convaincu les professeurs d'éducation physique de rendre obligatoire la corde à danser.

Combinés, ma maison, l'école, Reseaucoeur.com et le cannabis sont pour moi une révélation sur le monde. J'ai un nouveau chevalier servant virtuel, *SirLancelot*, un homme énigmatique qui n'a pas de photo. Il est amoureux de moi et je suis flattée par son empressement à suivre ma trace sur les forums et sur le chat pour déposer son glaive à mes pieds car il s'exprime bien. Nous formons un duo ésotérique et poétique magnifique. Je n'ai qu'à claquer des doigts pour que *SirLancelot* vienne se prosterner devant moi.

Je profite bien entendu de la situation pour montrer la puissance de mon pouvoir aux membres qui nous jalousent. La seule chose qui me dérange, c'est sa poltronnerie lorsque je me fais ridiculiser par *MonsieurMuscle*, *KingKong*, *EliotNess*, *Lutteur*, *LaBrute* et *Ricaneur*, car il ne me défend jamais. Chaque fois que je me fais malmener par ces barbares virtuels, *SirLancelot* prétexte une grippe ou un ennui dans son travail pour excuser la lâcheté de son absence. Il prétend que le silence est le pire des mépris pour les attaquants.

Grâce à la rancœur et au venin privé de *Reinedecœur*, un de ses anciens fantasmes, j'ai fini par savoir qu'en réalité *SirLancelot* est un tout petit homme complexé qui se prend pour un chevalier de la Table ronde. Comme c'est un trouillard, il se cache dès qu'il voit apparaître de grands et gros bras. Il devait être le souffre-douleur de sa classe, mais ça n'explique pas sa servilité dans l'accalmie et son renoncement à s'affirmer en temps de guerre. On a beau être en toute liberté et en tout anonymat sur Internet, ça donne quand même de bonnes indications sur la consistance du personnage.

J'ai osé une nouvelle expérience pour changer un peu de l'ésotérisme, de l'astrologie, des rêves, des talismans, des incantations, de la magie et de cet ectoplasme de *SirLancelot*. J'ai accepté de correspondre avec *Bombesexuelle*. Je dois dire que cet homme a une façon particulière de rentrer dans le vif du sujet. Nous échangeons des messages érotiques en privé et ça m'excite beaucoup. Je lâche toute ma libido de femelle préhistorique en employant plein de gros mots, moi qui ai toujours détesté la vulgarité. Mon ex- mari en verdirait de jalousie s'il m'aimait encore, lui qui me reprochait d'être trop conventionnelle. Il verrait bien que le fameux coucou suisse prisonnier dans ma tête a fait une sortie impressionnante sans avoir recours à des forceps analytiques, et qu'en plus mes murs sont tapissés par ses petits frères et sœurs.

Pour aller au bout de mes découvertes, j'ai jeté un sort à *Superbeaumâle*, un des plus beaux hommes du site. Sa photo le représentait bronzé, le torse nu, en jeans moulants, avec un regard azuré digne d'un évanouissement. J'avais décidé de l'avoir coûte que coûte car sa présence virile me travaillait. J'ai réussi à capter son attention en jouant à celle qui l'ignorait et l'intriguait. Comme je suis imbattable dans l'art du marivaudage, j'ai été assez fière, après avoir observé tous ces messieurs, d'intéresser un homme qui avait dix ans de moins que moi.

Finalement, j'ai rencontré ce dieu musclé. Il était blanc comme un cachet d'aspirine et il avait abusé du logiciel Photoshop, qui modifie les photos, pour éclaircir ses yeux ; malgré tout, il était très sexy et, je dois dire, très comestible. Le seul problème, c'est qu'il échangeait ses faveurs contre de l'argent, car il avait senti que j'en avais. Dix ans d'âge de différence, ça se paie. Vu la tournure des événements, j'ai accepté pour mettre en pratique la correspondance que j'entretiens avec *Bombesexuelle*. Quelle nuit !

Je ne vois pas pourquoi les femmes n'auraient pas le droit de payer pour avoir du plaisir alors que c'est le sport préféré de beaucoup d'hommes dont mon ex-mari, je m'en doute bien maintenant, puisque je ne lui apportais pas ce besoin vital. Au moins, j'ai su ce que c'était le plaisir, version femme.

Le lendemain, j'avais une réunion importante pour mon travail, et mon sous-directeur a trouvé que j'avais l'air épuisé. Effectivement, avoir le premier orgasme de sa vie à quarante-huit ans, ça laisse des séquelles. *Superbeaumâle* est resté un de mes favoris. Je n'éprouve aucun sentiment pour lui ; seul son corps m'intéresse et seul mon porte-monnaie le stimule.

Évidemment, des bruits ont couru sur Reseaucoeur.com car tout finit par se savoir. Je me suis fait approcher par *Charmant69*, un homme chevaleresque que je trouvais gentleman. En sortant avec lui une fois au restaurant, je me suis rendu compte qu'il était dérangé et hystérique. Son regard était fuyant et fou, et il a commencé à me tenir des propos incohérents qui ne correspondaient pas du tout aux nobles lois de la chevalerie. Comme je ne comprenais pas son comportement, il est devenu enragé et j'ai dû le calmer et le forcer à s'excuser.

Il vivait avec sa mère et ses sœurs, qui tentaient désespérément de lui trouver des circonstances atténuantes et de nouveaux traitements et médicaments pour sa violence verbale liée à un traumatisme cérébral.

C'est terrible, ce genre d'individu en liberté. *Charmant69* avait dragué une douzaine de femmes du site, profité de leur innocence, et il se livrait à des menaces et à de l'intimidation pour les empêcher de porter plainte pour harcèlement. J'ai découvert le pot aux roses en recevant les confidences de trois des femmes dont il avait abusé et qui avaient vu son manège avec moi sur les forums et le chat. Comme il connaissait l'adresse de mon domicile, j'ai prévenu un ami policier au cas où il voudrait me nuire. J'ai vécu plusieurs mois dans la crainte de représailles et tout s'est tassé.

Dès qu'on rencontre des gens et qu'on sort de l'anonymat, on est exposé à des vengeances. J'ai assisté à beaucoup de règlements de compte haineux sur les forums et sur le chat car Reseaucoeur.com privilégie la libre expression. Sur le chat, à la limite, ça va ; les écrits en temps réel disparaissent à la vitesse de l'éclair mais, sur les forums, les sujets sont exposés plusieurs jours et parfois plusieurs semaines. En plus, en cliquant dans les archives, on en apprend beaucoup sur les membres.

La délation est reine et, dès qu'il y a des affrontements, certains membres portent plainte aux administrateurs du réseau pour faire hypocritement bannir leurs ennemis. Les anciens membres, qui ne restent que pour se montrer et tromper leur ennui, n'aiment pas laisser la place aux nouveaux. Ils s'accrochent aux forums et au chat comme des chiens après un os. Parmi eux, il y a plusieurs enseignantes d'une grossièreté inouïe ; il y a entre autres *Dalida*, *MarieCurie* et *Bescherelle*, qui passent leur temps à insulter et à ridiculiser des gens sur le chat juste pour se défouler. Ça fait vraiment peur pour l'éducation des jeunes, bien que je ne sois pas mieux que ces enseignantes en tant que directrice d'une école primaire. Le pire, c'est qu'elles mettent leur photo en plus d'avoir des fiches remplies de vulgarités.

Les règlements de compte en public sont monnaie courante. Une fois, *Peterpaon* a invectivé en public *Sceptique93* sur un forum car il était en rogne de ne pas avoir eu de ses nouvelles après leur rencontre. Il avait commencé à l'attaquer sur le forum en disant son vrai nom et le métier qu'elle pratiquait ; elle était visiblement terrorisée, mais surtout profondément humiliée. *Bozolejuge*, *Dartagnan*, *Entarteur*, *BonjourToto*, *Athéna*, *Grosnounours*, *Bisou* et *Fifibrindacier* avaient défendu la dame en faisant parvenir une pétition aux administrateurs du site pour que le sujet soit effacé et que *Peterpaon* soit banni. C'est rare que l'intimidation vienne des femmes, tout comme les guerres dans le monde d'ailleurs. Nous avons beau être de sacrées chipies, nous n'aimons pas la violence et la peur.

Une autre fois, c'était *Merlin-enchanteur* qui s'était querellé avec *FéeVivianne* car celle-ci avait, sur le chat, raconté à ses copines, *Barbarella*, *Titebaveuse*, *Mdrrr* et *Loloferrari*. la piètre performance sexuelle du monsieur. Ça avait donné lieu à une guerre entre hommes et femmes car *Sexe-à-pile*, *Labête*, *Sexyboy* et *Superbaiseur* s'étaient portés au secours de leur ami *Merlin-enchanteur*. Les filles se sont payé leurs têtes toute la soirée.

J'ai assisté aussi à la rupture volcanique de *Toutuncamion* et de *Nefertweety*. *Nefertweety* reprochait à *Toutuncamion* de lui avoir monté tout un bateau en oubliant de lui dire qu'il était dépendant affectif. Il y a même des couples qui ne sont pas échangistes, sur Reseaucoeur.com. Je n'ai rien contre les échangistes puisque au moins ils trichent ensemble. *Caramilk* et *Secret69*, un couple hétérosexuel, vivent ensemble depuis plusieurs années et, ayant chacun leur ordinateur à la maison, ils communiquent entre eux sur le chat et les forums. Ils s'en vantent même en racontant à profusion leur rencontre sur Internet il y a de ça quelques années. Je me suis fait berner en les trouvant sympathiques alors qu'ils ne jouent qu'un jeu malsain pour combler leur mal de vivre et attirer l'attention.

Au début, j'essayais de les comprendre mais il y a quelque chose qui m'échappait : leur frime... leur besoin de s'étaler pour se faire passer pour un cybercouple modèle, un couple mythique. Vive l'amour ! On ne se parle plus. On correspond par claviers interposés dans le même domicile pour jouer aux vedettes ! Même en vivant ensemble, ils ne décrochent pas de leur ordinateur. J'ai compris qu'ils ont leur vice, tout comme moi j'ai les miens.

Caramilk et *Secret69* ne sont pas heureux ; ils ne restent ensemble que par peur de la solitude. Ils font saliver les célibataires, qui les envient secrètement et qui ignorent qu'ils sont un couple de cyberdépendants qui n'a pas grand-chose à se dire. Une fois, *Ginetteveutsavoir* leur en a fait la remarque et ils ont piqué une colère en disant que personne ne les chasserait jamais du site, alors que ça n'avait aucun rapport avec le propos. On dirait que leur bouée de sauvetage, c'est Reseaucoeur.com, et qu'en dehors du virtuel leur vie sociale est un néant complet. Je me suis surprise à penser que, finalement, j'étais comme eux. Par contre, si j'étais en couple, je quitterais le réseau définitivement. Il me semble qu'on peut employer le téléphone pour parler à ses amis.

Je me sens invincible et indestructible sur Reseaucoeur.com. Ce site possède et nourrit complètement mon esprit. Je ne vis plus que par lui et les émotions qu'il me procure. J'expérimente aussi la paranoïa. Tout ce que je lis me semble à double sens et je me sens souvent visée, ce qui déclenche une fois par mois une guerre entre groupes rivaux. Généralement, je prends la mouche quand on essaye de me détrôner sur les forums et sur le chat.

Vérité, *Hugoboss*, *MèreNoël* et *Modestie* m'ont déjà fait le coup en se prétendant mes amis ou en m'injectant leur venin plein de sous-entendus, mais j'ai vite vu venir leurs coups tordus. Comme il arrive toujours de nouveaux mégalomanes qui veulent me piquer ma place, je dois toujours rester sur mes gardes. Je dois me battre sur deux fronts, Reseaucoeur.com et l'école primaire, car mon sous-directeur s'est mis en tête de squatter mon bureau.

Je ne me gêne pas pour mentir parce que tout le monde raconte des histoires. J'ai déjà raconté à *Marcopolo* que *Cendrillon* était en réalité un homme qui le menait en bateau, tout ça parce que *Marcopolo* me délaissait pour *Cendrillon* sur les forums et le chat et que ça me blessait. Depuis, il ne jure que par moi. Tant mieux car je ne supporte pas l'infidélité virtuelle et que j'étais à deux doigts de lui faire une crise de jalousie. Je n'aime pas partager mes prétendants avec d'autres pseudonymes, même si je fais pareil.

Mais, moi, j'ai des circonstances atténuantes parce que je suis sélective, et la meilleure façon de choisir le bon mec, c'est justement d'avoir du choix comme à la pêche miraculeuse. On ne sait jamais qui mord à l'hameçon ; alors, c'est bien d'avoir plusieurs cannes à pêche pour comparer cette marchandise humaine dont je fais partie.

J'ai rencontré *Frénésie*, un tatoueur. J'ai été plus fascinée par les dessins colorés sur son corps que par sa personnalité primitive. Il exprimait ses pensées rustiques d'homme sur son épiderme avec des motos, des filles nues, des cœurs brisés avec des prénoms, des dragons cracheurs de feu, Superman, des mitraillettes et des tombes. Ce qui fait sa particularité, c'est que le sommet de son crâne rasé est tatoué d'une poêle dans laquelle est en train de frire un œuf.

Il s'est inspiré d'une photo qu'il avait vue dans le temple du tatouage, *The Amsterdam tatoo museum*, à Amsterdam.

J'ai fait la connaissance de *Collectionneur*, qui est directeur d'une école primaire comme moi. J'ai été sidérée lorsqu'il m'a dit en riant, au bout d'une bouteille de vin, qu'il avait couché avec une soixantaine de femmes de Reseaucoeur.com alors que je croyais qu'il collectionnait les timbres ou les pièces de monnaie. Après, ces messieurs se demandent pourquoi les femmes sont si méfiantes.

Délice13, un fonctionnaire frustré, se décrivait comme un jardin d'éden mais il était mégalomane. Son je-me-moi m'était insupportable. Dès que nous sortions quelque part, il s'imaginait qu'il était le patron de l'endroit et critiquait tout en disant que, si le commerce lui appartenait, il ferait ci ou ça. Ou alors il plagiait des idées qu'il avait lues dans les journaux. Épuisant. Il se sentait au-dessus de tout le monde en suant par tous les pores de sa peau une ambition obsessionnelle. Tout ça parce que son grand-père était parvenu à faire éditer un minuscule guide de jardinage de quartier quarante ans auparavant.

En deux mois, *Délice13* a voulu devenir tour à tour éditeur, tavernier, agent d'artistes, organisateur de spectacles et guitariste. Dès qu'il entendait parler d'un métier original, il voulait le pratiquer comme si c'était tout à fait normal de faire preuve d'autant de prétention et d'instabilité. En plus, il passait ses journées à chatter sur Reseaucoeur.com au lieu de travailler, en profitant honteusement de son statut de fonctionnaire.

C'était la première fois que je rencontrais un nombril géant sur jambes. *Délice13* me faisait penser à un *smiley* animé, perpétuellement en crise de folie. J'ai su par quelqu'un qui le connaissait que sa femme, excédée par ses caprices continuels d'adolescent attardé, était partie avec un autre homme tellement elle en avait marre des éléphants roses de son mari. Ajoutons qu'il avait perdu sa maison à cause de son irresponsabilité et de sa vantardise.

Chateaubriand m'inspirait, malgré sa corpulence, jusqu'à ce que je constate dans un buffet méditerranéen que c'était un goinfre au lieu d'être un érudit. J'adore la bonne bouffe, mais pas avec des gens qui mangent comme des gorets et qui se resservent six fois de suite. J'ai essayé de lui faire comprendre que chaque fois qu'il remplissait son assiette il devrait songer à un petit Biafrais qui meurt de faim, mais ça n'a pas eu l'air de l'émouvoir. Il était trop absorbé à rogner ses montagnes d'ailes de poulet en les prenant pour des sangliers.

J'ai passé le souper à observer avec fascination les montagnes de nourriture qu'il parvenait à ingurgiter dans un temps record et je n'ai pas osé imaginer ses petits déjeuners et ses repas du midi. Je trouve que la légende de la potion magique d'Obélix encourage les obèses à trop se laisser aller. Après, ils en veulent au monde entier et, en plus, ils ont le culot de rechercher des gens minces sur Reseaucoeur.com.

Moi aussi, j'en veux au monde entier mais pour des raisons différentes. Je présente toutes les marques extérieures de la réussite, emploi gratifiant, argent et confort, alors qu'en réalité j'ai raté ma vie de femme, d'épouse et de mère. Pourtant, j'aimais mon mari et mes filles à ma façon.

Ma préménopause précoce me travaille beaucoup, et mes bouffées de chaleur et mes sueurs nocturnes deviennent épouvantables. Heureusement que la marijuana parvient à me décontracter. Dans les dédales de ma folie à la fois fantasque, désabusée et terriblement lucide, j'aimerais bien trouver un compagnon car ma solitude est immense. Les copains et les copines, c'est bien mais ça ne remplace pas l'amour.

J'en viens à penser que ma vie aurait été différente avec mon ex-mari si j'avais été plus ouverte. Mais je ne dois pas vivre dans les regrets car j'ai su par mes filles qu'il fréquente une femme plus jeune que moi. J'ai pris cette nouvelle comme une gifle parce qu'au fond de moi je l'aime toujours ; je pensais qu'au bout de deux ans, après que nous eûmes changé d'air, il resterait un espoir pour notre couple. Je croyais inconsciemment que mon mari reviendrait vers moi et qu'il aimerait ma métamorphose puisqu'il me reprochait d'être trop sérieuse. C'est fini, terminé, balayé ! Nos vingt ans de vie commune ne semblent pas être importants pour lui.

Je me suis sentie profondément mortifiée qu'il me remplace par une jeune femme. J'ai cru qu'un poignard me transperçait le cœur, mais je n'ai rien montré devant mes filles. Je suis restée de marbre en leur disant d'un ton joyeux que, moi aussi, j'avais un amoureux, juste pour me venger de leur père. Le soir, j'ai pleuré dans mon lit, et mon chien a léché mes larmes en gémissant car il a senti ma détresse et mon chagrin. Pour une fois, il m'a préférée à sa balle. Au moins, lui, il est soigné.

Certains hommes de Reseaucoeur.com prétendent que les pépés fortunés se pavanent avec des midinettes, et ils ont bien raison. La preuve, c'est que j'ai dû payer pour avoir un homme plus jeune que moi. Souvent, rien n'est sincère ou gratuit dans une relation où il existe une grande différence d'âge. L'argent sert tout simplement de compromis et avantage les deux parties concernées, sauf qu'à un moment donné ça doit devenir creux. Mais l'argent a toujours été la clé du pouvoir. Il a même rendu les gens fous à l'époque de la ruée vers l'or.

Je ne veux pas d'un homme plus jeune que moi pour refaire ma vie ; je me sentirais trop incestueuse. Surtout, mon esprit ne serait jamais au repos car je serais dévorée par la jalousie. L'homme que j'aimerais rencontrer n'a pour le moment aucun visage dans mes rêves. Je ne fais que l'espérer.

Au bout de deux ans de naufrage, il est temps que je revienne à la réalité et que j'assume mes émotions. Il faut que je fasse l'effort de vouloir changer ma vie pour refaire surface en tirant des leçons de mes expériences. Les paradis artificiels m'ont apporté beaucoup de joies et de défoulements. J'ai endossé la peau de plusieurs personnages en oubliant la mienne car elle ne me plaisait pas. Il est temps que j'apprenne à m'aimer et à me sentir libre. Reseaucoeur.com n'est qu'un outil et je suis la seule responsable de m'en servir comme d'une drogue. On a toujours le libre arbitre de ses choix.

Je vais devoir me donner un bon coup de pied au derrière, ce qui ne sera pas facile. Ça m'aiderait de consulter, mais mon ex-psy de mari m'a trop passée sous sa loupe inquisitrice pendant des années. Je suis parvenue à ne plus le maudire en réalisant qu'à sa façon il était lui aussi esclave d'une drogue, sa profession, qui le place au-dessus du commun des mortels. En bon manipulateur, il me mettait toujours tout sur le dos. C'est tellement plus pratique de rabaisser les autres continuellement en évitant de se regarder dans un miroir et en se croyant tout permis.

J'ai voulu me sevrer trop vite et j'ai fait mes adieux sur un forum de Reseaucoeur.com parce que, quelque part, j'avais besoin de gentillesse. Je n'ai eu que quatre réponses et ça a piqué ma susceptibilité. Quatre messages d'au revoir au bout de deux ans passés dans cette communauté ! Je l'ai vraiment mal pris.

Puisque c'est comme ça, je vais faire peau neuve. J'ai une idée lumineuse, je vais me réinscrire sous un nouveau pseudonyme : *Renaissance*. C'est cette réincarnation qui me servira de thérapie. Tous les psys de la planète seraient impressionnés par ce remède virtuel, si simple et si peu coûteux, de réadaptation et de reconstruction mentale par le jeu. En dehors du théâtre, de la télévision et du cinéma, Internet est la seule évasion qui permette de jouer dans l'anonymat tous les rôles que l'on veut.

C'est très artistique, si on y réfléchit bien. D'ailleurs, la majorité des êtres humains des deux sexes veulent un jour être comédiens ou écrivains pour fuir leur quotidien. La popularité des forums sur les sites de rencontre prouve mes dires. Mes théories ne sont pas plus farfelues que celles de Freud à son époque. Le virtuel permet d'avoir des heures de gloire mais aussi de démolition, selon les circonstances, car on retrouve toutes les émotions humaines derrière les claviers.

Je n'ai pas été mariée avec un psy pendant vingt ans pour rien. Je ne l'écoutais jamais car ses discours ne m'intéressaient pas. Pourtant, j'ai conservé intactes dans ma mémoire les bases rudimentaires de son savoir. Je vais m'inventer une autre identité, une autre vie pour mieux renaître.

Et si ça fonctionne, je ferai breveter mon idée de seconde chance psychologique, de réhabilitation émotionnelle et valorisante, un peu comme le pardon des faillites. Ce n'est pas parce que nous commettons des erreurs que nous devons griller en enfer, surtout lorsque nous ne sommes pas des criminels mais juste de simples humains imparfaits.

C'est excitant, une métamorphose. Internet est une baguette magique. Je vais renaître de mes cendres et me rebaptiser *Renaissance* dans l'anonymat le plus complet, sans garder de contacts avec mes ex-amis virtuels pour les chasser de mes pensées. J'avais songé à un pseudonyme plus humble que *Magicienne* mais, comme je suis pleine de bonnes résolutions, il faut bien que je m'encourage à changer en flattant un peu mon orgueil.

J'étais très excitée en remplissant ma nouvelle fiche. Ce sentiment ressemblait à un orgasme même si je ne suis pas une spécialiste. Ce qui est génial, c'est que je sais qui sont les malotrus de Reseaucoeur.com, et que je sais aussi qui sont mes ennemis. Je me trouve donc dans une position avantageuse pour me réincarner virtuellement sans que personne ne se doute de mon ancien pseudonyme de *Magicienne*.

Mon ennemi juré, *EliotNess*, est tombé dans le panneau. C'est incroyable comme un changement de pseudonyme peut faire des miracles. Nous correspondons depuis deux mois et j'ai appris à le connaître. Je dois même avouer qu'il m'attire beaucoup. Sous ses allures de macho qui se croit dans une confiserie, il a beaucoup de qualités. Nous devons nous rencontrer et il ne saura jamais qu'auparavant j'étais *Magicienne*, sa tête de turc. En plus, j'ai changé de coiffure et de teinte de cheveux. Je suis redevenue brune au lieu de rousse et il ne se souviendra probablement pas de la photo de *Magicienne*.

Il a été malade et sa vie de Casanova en a été toute chamboulée. Avec mon doigté habituel, j'ai pu lui tirer les vers du nez sans qu'il se fasse prier pour me raconter sa vie comme un vrai perroquet. J'ai joué à l'infirmière avec lui et je dois avouer que je me suis fait prendre au jeu avec étonnement. *EliotNess* est un vrai bébé qui jouait au dur.

Quand les hommes cavaleurs ont le cancer de la prostate, ils apprennent rapidement l'humilité parce que leurs prouesses sexuelles ne sont plus les mêmes. Au fond, *EliotNess* est un frimeur repenti. Son amie virtuelle, *Améthyste*, est rentrée en contact avec moi et je me doute qu'elle lui sert d'espionne. Quant à *Chérietoncafé*, un de leurs amis, j'ai compris à une de ses répliques ironiques sur le chat qu'il m'avait reconnue. J'ai décidé de ne plus jouer. J'ai vraiment l'impression qu'*EliotNess* est l'homme de ma vie. J'avais déjà vu sa photo et il est séduisant.

Mon bel Abélard est revenu sur terre en même temps que moi. Ces deux mois de correspondance assidue ont été un souffle d'air sain dans ma vie. Je n'aurais jamais cru que je pouvais tomber amoureuse d'un adversaire virtuel. Je me demande quelle sera sa réaction lorsque *Chérietoncafé* va lui apprendre que je suis *Magicienne*. J'ai hâte de le voir pour baisser les masques une fois pour toutes. De toute façon, avec son pedigree, *EliotNess* serait mal placé pour me faire la morale parce que je connais toute sa vie de A à Z. Et dire que les hommes nous traitent de commères.

chapitre 4

Chérietoncafé

Être un homme de petite taille, avoir le crâne un peu dégarni, des kilos en trop, et mettre franchement sa photo sur Reseaucoeur.com, c'est comme signer son arrêt de mort. Toutes les femmes cherchent des hommes grands et chevelus. Mais ça, je l'ignorais car j'avais joué la carte de la franchise en m'imaginant que tout le monde était comme moi et ouvrait son cœur sans juger l'apparence avec autant de cruauté. La concurrence est féroce et il faut redoubler d'originalité dans cette jungle où tout est basé sur le physique.

J'ai trente-deux ans, je n'ai pas d'enfants, je suis libraire et j'ai choisi le pseudonyme *Chérietoncafé* pour montrer que je suis d'une délicatesse rare avec ces dames, quand j'arrive à en intéresser une, car elles ne se bousculent pas pour répondre à mes messages. Lorsque je me suis inscrit sur Reseaucoeur.com, il y a deux ans, j'étais persuadé que ma courtoisie et ma douceur auraient un écho parce que je suis transparent et que je n'ai rien à cacher.

J'ai toujours eu la réputation d'être agréable, mais les réactions de ces duchesses m'ont rendu nettement moins agréable. Reseaucoeur.com, c'est comme un rodéo : les plus faibles abdiquent et les plus forts se battent. À force de se faire désarçonner, on choisit de fuir ou de remonter en selle et, chaque fois, on s'endurcit un peu plus sans s'en rendre compte. C'est vraiment dommage que ce merveilleux outil de communication destiné à rapprocher les êtres les isole et les divise encore plus en dénaturant les rapports humains.

Je suis habitué aux refus de ces dames, qui me blessent pourtant chaque fois. À l'école, c'était pareil. J'étais le gars gentil, désintéressé, chaleureux, mais les filles préféraient les messieurs muscle, les beaux parleurs ou les échalas. J'ai beaucoup à offrir et je ne suis pas un nain repoussant, pourtant ! Je mesure quand même un mètre soixante-sept et je ne suis pas Quasimodo ! Ça leur va bien d'écrire qu'elles préfèrent l'intérieur à l'extérieur. Elles sont toutes de ma taille ou plus petites, et elles cherchent des géants. Elles disent qu'elles sont pour l'égalité juste quand ça les arrange. Elles se donnent le droit de brandir un couperet si un homme ne leur plaît pas ; par contre, si un homme les repousse de la même façon cavalière, elles le traitent de tous les noms.

Lorsque je tente de faire des tentatives de rapprochement, les femmes que je connais me sortent toujours les mêmes excuses :

« Je te considère comme mon frère, ne gâchons pas tout. »

« Ton amitié m'est trop précieuse. »

« Tu mérites vraiment de trouver une femme bien. »

Les autres sont plus directes et me répondent des :

« Merci de ton intérêt mais c'est non. »

« J'ai spécifié que je cherchais un homme grand. »

« Je n'aime pas les chauves, c'est marqué sur ma fiche. »

« Tu devrais suivre un régime. »

C'est facile de blesser dans l'anonymat. Elles appellent ça de la franchise, et elles s'en vantent même sur les forums et le chat en ridiculisant les hommes. En face des gens, elles n'oseraient jamais se conduire avec autant d'impolitesse. Je plains ceux qui sont obèses ou qui n'ont pas un physique de rêve. Ça doit les traumatiser de se faire répondre ce genre de chose.

Mais je ne me plains pas car j'ai déjà connu pire avec *Impératrice30*, qui m'avait carrément dit qu'elle me trouvait petit et moche. Elle ne devait pas souvent se regarder dans un miroir car sa photo montrait certains problèmes d'embonpoint. C'est injuste parce que je ne recherche pas un mannequin. Pour moi, un beau sourire et un regard doux rendent belles toutes les femmes enveloppées. Ça ne m'intéresse pas de fréquenter une Barbie ; je préfère la profondeur de l'esprit et du cœur à la perfection physique. Bien sûr, le déclic visuel est important mais il peut aussi être trompeur.

Je ne pourrais pas tomber amoureux d'une femme magnifique qui n'a aucune étincelle intérieure. Il est certain que la minceur est le rêve de tout le monde, mais il ne faut pas non plus en faire une obsession ; la véritable beauté dépend de la perception de chacun. On peut avoir des goûts différents, mais ce n'est pas nécessaire de rabaisser les autres sur leur apparence.

Je suis devenu le confident de certaines de ces dames, car j'ai accepté avec philosophie mon rôle de brave type qui sert juste de bouche-trou entre deux déceptions amoureuses. Je suis l'épais qui aime en secret mais qui est trop complexé pour dire sa façon de penser. J'ai horreur des bars et des discothèques, et Internet chasse de plus en plus ma timidité.

À la librairie, je suis bien outillé pour comprendre le mécanisme des femmes en lisant tout ce qui les concerne. Le seul problème, c'est qu'il faut interpréter à l'envers tout ce qu'elles racontent. Comme elles sont persuadées qu'elles ont raison, il faut chercher un sens logique dans leurs hiéroglyphes. Elles sont épuisantes dans leurs contradictions.

Sur Reseaucoeur.com, je n'ai pas d'autre choix que d'endurer leurs histoires à dormir debout. Comme je ne peux pas étaler un physique avantageux pour les impressionner, ma seule arme est de rester naturel, conciliant, compréhensif, patient, et surtout de ne pas leur montrer à quel point leur mauvaise foi m'énerve. On ne peut rien leur dire sans qu'elles se scandalisent. Elles sont tellement centrées sur elles-mêmes qu'il n'y a aucune place pour les autres.

Je suis devenu le confesseur de plusieurs cyberdragueuses en lançant divers sujets sur les forums et le chat. J'inspire confiance, je suis le prototype de la pauvre nouille que toutes les femmes se disputent pour se défouler, la bonne poire qui les écoute religieusement quand elles s'ennuient. Elles me racontent continuellement leurs problèmes sans jamais me demander si je vais bien. J'ai toujours droit aux détails de leurs rencontres ratées. Ce qui m'amuse, c'est que, lorsqu'elles ont une aventure négative d'un soir, elles accusent les hommes en disant qu'ils sont des obsédés sexuels alors qu'elles n'ont pas dû se faire prier pour accepter de copuler. Quelle hypocrisie !

Ensuite, elles se font passer pour des incomprises et des victimes. Elles ne donnent que leur version des faits. C'est facile d'enfoncer quelqu'un pour toutes sortes de raisons, juste pour avoir le dernier mot ou par vengeance pour discréditer la personne.

Le mot « prédateur » est devenu à la mode sur tous les cybersites de rencontre. Les femmes utilisent ce mot à toutes les sauces pour descendre en flammes les gars qui ont mordu à leurs appâts. Pourquoi s'en priveraient-elles puisqu'elles les aguichent ? À en croire les femmes du site, tous les hommes ne pensent qu'au sexe. Bon, c'est vrai en partie mais il n'y a rien d'anormal à ça ! Elles ne sont pas nées d'hier, tout de même, pour confondre le sexe avec l'amour !

Au début, mes muses virtuelles, *Offrande*, *Sérénade*, *Aphrodite* et *Vestale*, me faisaient tourner la tête. J'aurais été capable de me faire découper en rondelles pour rencontrer l'une d'elles, même si leurs pseudonymes sentent l'arnaque. Je rêvais en les lisant tout en me doutant que je ne suis pas leur genre d'homme. Enfin, pour être honnête, étant d'une nature positive, je me disais qu'un miracle pouvait se produire.

Mais leurs fiches et leurs photos sont trop parfaites. C'est vraiment déstabilisant et complexant de se sentir continuellement inférieur comme un valet bavant d'admiration devant des reines d'opérette. L'une d'elles m'a confié le plus naturellement du monde qu'elle avait rencontré cinquante hommes en un an et, d'après les rumeurs sur le site, ses consœurs auraient sensiblement le même score.

Elles se vantent de leur supériorité, de leur indépendance, mais elles recherchent notre compagnie car elles sont désespérément seules derrière leur clavier. Elles ont besoin de nos flatteries. Elles ont besoin de se sentir femmes, attirantes, sensuelles, provocantes, offertes, et ensuite elles nous reprochent de les prendre pour des friandises. Je dis « nous » pour me regonfler parce que j'aimerais bien être à la place des gars chanceux qui parviennent à avoir du bon temps avec elles.

Dire que, si j'avais quelques centimètres de plus, une crinière et dix kilos en moins, elles ne se feraient pas prier pour me contacter. J'avais tellement envie de me mettre dans la peau d'un « gino » que je me suis fabriqué une autre fiche avec le pseudonyme *Séducteur1*, un beau gars mystérieux et grand. J'ai utilisé la photo d'un apollon que j'avais prise sur un autre site de rencontre. C'était génial ! Pendant trois mois, je me suis senti merveilleusement bien dans la peau d'un adonis hypnotisant et ténébreux. Je n'avais même pas besoin de chasser ; les femmes du site me couraient après, même celles qui ne voulaient pas de moi quand j'étais *Chérietoncafé*.

Corpsderêve, Sexyflirt, Nudité45, MainAgile et *Escorte69,* cinq beautés dont les fiches mentionnent ouvertement que leur but est la sexualité, voulaient jouer avec mon corps d'athlète chez elles ou dans un motel et me proposaient toutes sortes de délices en insistant sur les détails. Il y a de quoi se frapper la tête contre le mur et devenir fou, surtout que ça fait deux ans qu'on n'a pas fait l'amour. *PrettyBaby, LuneMagique, Cocotte12* et *Belleblonde* m'écrivaient des lettres d'amour torrides, ce qui ne m'était jamais arrivé.

Par contre, j'ai moins aimé les messages de *ZipperRapide*, un homosexuel qui est un fervent adepte de l'ondinisme. Comme ce mot ne figure pas dans mon dictionnaire, j'ai fait une recherche sur Internet pour connaître sa signification. Mes rares cheveux se sont dressés sur ma tête. Je suis frustré sexuellement, mais pas au point de rétrograder à l'état de chien pisseur. En plus, *ZipperRapide* voulait me persuader que l'urine a un goût aussi plaisant que la bière. J'ai dû me fâcher pour qu'il cesse de me prendre pour un champ de houblon.

Encouragé par l'empressement des femmes, j'ai continué à satisfaire mon ego de faux séducteur en courtisant *MadameX*, *Cindy70*, *Belladonna*, *DanseuseHard*, *LilyString*, *Pin-Up13*, *Lapine39* et *Sultane*. Je n'arrivais plus à fournir tellement je recevais de messages. C'était grisant, j'avais l'impression d'être une vedette de cinéma et de distribuer des autographes à des groupies prêtes à déchirer mes vêtements en scandant des mots d'amour.

Je passais mes soirées à leur écrire en me prenant pour un cyberhéros. Durant ces trois mois, mon ego enflé ne passait plus dans la porte. Je m'inventais toutes sortes de scénarios pour les impressionner. J'ai vraiment pris une revanche sur la vie grâce à Internet. Le pouvoir que Reseaucoeur.com exerce sur moi est tout à la fois malsain et digne des meilleures thérapies. L'anonymat interpelle les comédiens en chacun de nous. Il soulève ce désir puissant de scintiller, d'être admiré, envié, d'avoir enfin un public et d'être aimé.

Je suis revenu sur terre et mon fantasme s'est arrêté brusquement lorsque la filière de la raison m'a fait réaliser que je ne pouvais rencontrer aucune de ces déesses sans prendre le risque qu'elle me lance des tomates et des torrents d'insultes. J'ai détruit la fiche de *Séducteur1* et j'ai accepté mon sort d'être *Chérietoncafé*, le nain de jardin auquel personne ne fait attention.

De toute façon, ces femmes fatales ne doivent pas être de tout repos pour un homme car elles ne brillent ni par la fidélité ni par les principes, et ce doit être épuisant de les surveiller. Au moins, je me suis payé un beau rêve. J'aime les belles femmes, comme tout homme normal, même si c'est un plaisir réservé uniquement aux hommes grands et minces à moins d'être riche comme Crésus pour leur payer des caprices.

Pour passer le temps, j'aime bien visiter les sites de filles en petite tenue et mettre en économiseur d'énergie sur mon écran d'ordinateur des photos de canons sexy. Je n'ai rien non plus contre les films XXX. Je ne peux pas le dire dans ma fiche sinon je me ferais passer pour un malade, en plus de me faire traiter de lilliputien, de gros et de chauve. C'est comme pour les positions sexuelles. J'imagine mal un homme être franc et écrire qu'il aime prendre une femme en levrette ou debout devant un miroir. À la place, il dit qu'il est sportif, qu'il aime le roller blade, le golf, le ski, et qu'il s'entraîne une fois par semaine.

De leur côté, les femmes racontent qu'elles sont passionnées par les arts, la nature, les animaux, la cuisine ou le jardinage. Elles s'imaginent qu'un homme n'a que ça à faire, leur écrire des lettres enflammées chaque jour et attendre le premier rendez-vous au bout de deux mois, parfois sans photo. Si un homme se montre trop attentionné, il est mou, dépendant affectif, fade et sans personnalité. Si un homme sait ce qu'il veut, il est un mufle sans éducation. Il faudrait tout de même que ces dames sachent vraiment ce qu'elles veulent.

Ce qui m'énerve, ce sont les non-fumeuses fanatiques. Non seulement je me fais écœurer par les dents cariées, les poumons calcifiés et les pénis recourbés sur les paquets de cigarettes, mais en plus il faut que je me justifie. J'ai le droit d'aimer fumer des cigarettes sans me sentir anormal, non ? Pourquoi ne met-on pas des têtes de mort ou des photos représentant des collisions d'autos sur les étiquettes des bouteilles de bière et de vin ? Ça sent mauvais, ça aussi.

Par ailleurs, le mot « tolérance » est à l'ordre du jour : il faut applaudir l'exhibitionnisme du défilé de la Fierté gay, le système judiciaire qui relâche des malades et des dangers publics en les plaignant plus que leurs victimes, les émissions de sexe qui passent à la télévision le midi quand les enfants reviennent de l'école ; il faut trouver des circonstances atténuantes aux pédérastes parce que, les pauvres, du fait qu'ils ont subi des abus sexuels dans leur enfance, il est normal qu'ils se défoulent sur les autres. Moi, avec ma cigarette, je me fais passer pour un monstre à trois têtes parce que je pollue l'air. Pourtant, la pollution de l'esprit est bien plus dangereuse.

Je ne suis plus capable de regarder les publicités sur les problèmes d'érection. Ça gâche vraiment un bon film ou une bonne émission, en plus de mettre de mauvaise humeur. C'est vraiment refroidissant. J'en ai fait l'expérience avec mon ex, qui se moquait sans cesse de moi. Elle me descendait en flammes constamment et elle est parvenue à me faire douter de moi. Elle était plus grande que moi et elle me le faisait sentir. Je lui avais servi d'escale et elle est partie dès qu'elle a trouvé mieux. Elle m'a plaqué pour mon frère aîné, qui a une carrure athlétique, et elle est devenue ma belle-sœur. C'est facile de dire que l'amour ne se commande pas quand ce sont les victimes de ces belles paroles qui souffrent.

C'est à cette époque que j'ai décidé de faire un grand ménage dans ma vie et de chercher une femme fidèle sur Reseaucoeur.com. J'aimerais bien fonder une famille, avoir des enfants et vivre dans la simplicité et la sérénité. J'ignorais à quel point la cyberdrague est difficile. Non seulement faut-il être grand et beau pour allumer ces dames, mais en plus faut-il avoir de l'argent. D'ailleurs, l'argent a souvent un effet magique sur celles qui fréquentent des hommes riches au physique comme le mien. Lorsqu'il s'agit d'un compte en banque bien garni, la beauté disparaît instantanément des critères de ces dames.

C'est pour ça que, l'été, on voit souvent sur les routes des filles sexy en compagnie des vieux boucs en décapotable. Ceux-ci deviennent instantanément séduisants et irrésistibles aux yeux de ces dames. C'est fou comme le luxe et la facilité peuvent attirer les croqueuses de diamants. Dans un sens, je les comprends. Tant qu'à faire des sacrifices, autant que ça en vaille la peine. Avec ma Tempo, je ne risque pas de passer pour un prince charmant. Je me suis toujours fichu de la frime. Pour moi, une auto, c'est un moyen pratique de locomotion, pas un concours ou un ornement.

En dehors de mes livres, Reseaucoeur.com est devenu mon vice et mon poison. Je ne peux plus m'en passer. C'est rendu au point que si mes amis me téléphonent pendant que je suis sur le chat je les envoie promener d'un ton impatient. Ma cyberdépendance est bien trop importante pour que je puisse perdre ne serait-ce qu'une seule phrase sur mon écran. Je passe des heures sur le chat en lisant les propos des autres. Je suis complètement contaminé par mon écran. Internet est devenu ma religion en dehors de mon boulot de rat de bibliothèque.

La seule fois où il m'est arrivé quelque chose d'excitant dans ma vie réelle, c'est quand j'avais télescopé par inadvertance une jolie brune les bras chargés de livres dans une librairie concurrente. En ramassant les livres de cette inconnue, je m'étais vraiment senti mal à l'aise en plus d'être resté figé par la surprise en lisant des titres évocateurs comme *Du tonus pour l'utérus*, *S'exprimer avec la langue*, *La gymnastique érotique des mains* et *La sexualité primitive*.

En temps normal, j'aurais immédiatement formulé une demande en mariage mais je n'ai pas eu le temps de le faire car la fille s'est tout de suite mise à me bousculer et à m'engueuler. Je n'arrive pas à comprendre pourquoi les femmes lisent ce genre de livres si ça les rend encore plus frustrées et mal embouchées.

Sur Reseaucoeur.com, à part mes pseudo-vamps chialeuses qui me prennent pour un moine angélique, un confident et un laquais sans besoins vitaux, j'ai quand même noué des liens amicaux avec plusieurs personnes sympathiques.

Cerise17 est une charmante veuve à la retraite qui est férue de poésie et, en tant que libraire, ça m'interpelle. Cette mère virtuelle pleine de classe est un baume sur mon cœur. Dommage qu'elle n'ait pas trente ans de moins ! Je l'ai connue un soir où j'avais eu des pierres aux reins. J'avais eu des douleurs atroces dans la vessie pendant deux heures avant de pouvoir être soulagé en éjectant une dizaine de cailloux. Si ça avait été des diamants, ma fortune aurait été assurée ! *Cerise17*, avec qui je chattais avant ma crise, m'avait remonté le moral.

Je partage la passion des animaux avec *Titecopine*, une femme mariée de Sherbrooke qui ne vient sur le réseau que pour discuter. Je lui parle de Nestor, mon cochon d'Inde. Il est très propre et je le laisse en liberté chez moi. Je suis très fier de bien l'avoir éduqué et c'est à ça que je vois que je serais un excellent papa. *Titecopine* a moins de chance que moi. Son boa constrictor, long de quatre mètres, lui attire des tracas. C'est à cause de lui qu'elle a connu une déception amoureuse avec *Toto45*. Elle avait invité ce monsieur chez elle et, pendant qu'elle était au téléphone, elle lui avait proposé d'aller se chercher une crème glacée dans le congélateur. C'est là qu'il était tombé sur les souris et les rats congelés dont se nourrit le boa. Il n'aurait pas du tout apprécié, semble-t-il.

Tintin50, un garagiste comique qui sème toujours de la bonne humeur sur les forums et sur le chat ensoleille mes journées. Ses histoires de cœur sont aussi loufoques que lui. *KingKong* est un farfelu qui se moque ouvertement des femmes. Finalement, il dit tout haut ce que beaucoup d'hommes pensent tout bas. Je l'envie d'avoir ce courage car ce n'est pas évident de remuer les gens. Son cas me console un peu car, même s'il est bel homme, il n'a pas plus de chance que moi en amour. La seule différence entre nous, c'est qu'il peut avoir toutes les femmes qu'il veut même si l'amour n'est pas au rendez-vous.

Je parle souvent littérature avec *GeorgeSand*, une grande femme rousse costaude qui a des épaules de déménageur. Elle doit me dépasser de quinze centimètres, et quelquefois je me demande comment serait ma vie avec une géante. Primo, elle devrait renoncer aux talons aiguilles. Secundo, si elle se mettait en colère, je crois que ce ne serait pas très rassurant pour moi. Je ne tiens pas à recevoir une raclée de la part d'une femme. Je suis un non-violent.

Ce sont toujours les grands qui maltraitent les petits. C'est rare, l'inverse, sauf dans les familles de divorcés. S'il fallait que *GeorgeSand* sache ce que j'écris sur elle, elle me ferait un œil au beurre noir virtuel et me réduirait en miettes. Et tout ça parce qu'elle est plus grande que moi et qu'elle se sent en position de supériorité. Déjà au départ, ce serait elle qui commanderait. Moi, j'aimerais tellement ça, avoir dix centimètres de plus et commander une femme juste pour voir l'effet que ça fait.

Mon ex me donnait toujours des ordres mais, depuis qu'elle vit avec ce géant qu'est mon frère, elle file doux car il la remet vite à sa place. Quand on est grand, on peut tout se permettre et opprimer les petits en toute impunité. J'en suis venu à la conclusion que la domination par la grandeur, c'est du terrorisme et de la dictature purs et simples.

Parfois, le matin, quand je suis en forme, après m'être brossé les dents, je prends des allures de macho devant ma glace. Avec un air de dur, je bombe le torse et je me lance d'une voix tonitruante en me faisant un clin d'œil complice : « Alors, mon chum, quoi de neuf avec les filles ? T'en as emballé combien, aujourd'hui ? »

Ça n'en a pas l'air comme ça, mais ça me fait du bien de me prendre pour Tarzan. Je hausse le son de la musique et je continue à rouler des mécaniques en m'habillant. Il m'arrive de faire de véritables strip-teases. Je m'imagine que je suis sur une scène, dans la peau d'un grand gogo boy qui se fait acclamer par des femmes déchaînées. Dans mon excitation, il m'est déjà arrivé de monter sur une chaise pour tester la sensation d'être un géant, mais j'ai perdu pied. Résultat : un poignet fracturé et une horrible bosse sur le front.

Je me calme et me fais plus discret lorsque je sors de chez moi pour aller travailler. J'y vais à pied et me fais narguer par les géants sur les trottoirs. On dirait vraiment qu'ils font exprès de me toiser. D'après le livre *Guinness* des records, il paraît qu'un nain et une géante font des enfants de taille normale, tout comme deux nains. Je connais aussi un couple de géants qui a mis au monde un nain : moi. À moins que ma mère n'ait trompé mon père, mais ça m'étonnerait parce que j'ai son sourire et ses yeux.

Améthyste a été ma première amie virtuelle et je conserve des rapports amicaux avec elle. Nos échanges sont simples et chaleureux car je ne l'intéresse pas et, de mon côté, elle m'impressionne trop pour que je la drague. La première fois que j'ai écrit sur le forum, je me suis mis les pieds dans les plats en entamant un sujet nul : « Pourquoi les femmes ne répondent-elles jamais à mes messages ? » Je disais que la moindre des politesses, c'est de donner suite même si la réponse est négative. Je dois dire que j'ai bien changé d'avis depuis. Je préfère ne plus recevoir de messages du tout que de lire des vacheries et des indélicatesses. Le fameux soir de mon premier cyberbaptême sur un forum de Reseaucoeur.com, je m'étais quasiment fait traiter d'innocent et de crétin.

Améthyste était venue à mon secours en privé en me disant de ne pas m'en faire. J'étais humilié et sa gentillesse m'avait beaucoup touché. J'étais déboussolé par tant de réactions ironiques. De quoi refroidir une personne dans l'expression de ses opinions ! J'avoue que le sujet était con pour des habitués déshumanisés par leurs déceptions, mais j'avais le droit de m'exprimer.

Les forums sont faits pour ça, s'exprimer librement en respectant les autres. Cependant, il y a toujours des dérapages même si tout le monde prétend qu'il ne faut jamais avoir d'idées préconçues, qu'il faut vivre et laisser vivre, et croire aux petits oiseaux. La nature humaine reprend vite le dessus. Il arrive souvent que les forums se transforment en chat et que les nouveaux membres servent de souris. Les nerfs, la susceptibilité et les émotions de chacun sont parfois mis à rude épreuve et on peut se brûler les ailes lorsqu'on ne dédramatise pas les situations. C'est la cybercommunication : tous les coups bas sont permis sous le couvert de l'anonymat.

Le voyeurisme et l'exhibitionnisme sont rois et deviennent une drogue. Le besoin de se faire voir, d'exister et de se sentir important est éloquent. Chaque membre veut avoir son heure de gloire et ça frise parfois le masochisme. La fois où j'ai le plus ri, c'est quand plusieurs jeunes avaient envahi les forums pour combattre les « vieux » membres de Reseaucoeur.com en les accusant de faire la pluie et le beau temps et de leur laisser une planète malade. Toute une leçon de morale, malgré le langage coloré et direct des jeunes, une leçon qui s'était terminée par de la censure parce que les jeunes avaient été grossiers envers leurs aînés.

Les forums et le chat ressemblent à une ligue d'improvisation anarchique et incontrôlable. On écrit ce qu'on pense et, au lieu que ça donne suite à des points de vue entre êtres civilisés, ça dégénère en guerres où on voit apparaître tous les pires travers de l'être humain : la frustration, la jalousie, la colère et la vengeance. Une autre fois, j'avais écrit un sujet bien pépère sur les rapports entre les hommes et les femmes. Je me suis fait rentrer dedans par plusieurs membres qui n'avaient absolument rien compris à mes propos et qui se sentaient visés.

Le comble de l'hypocrisie virtuelle, ça a été avec *Tatiana*. Cette femme inondait les forums avec des réflexions existentielles. Elle semblait très populaire car, à chacune de ses interventions, plusieurs femmes criaient au génie dans son sillage, et ce, jusqu'au jour où elle s'est fait démasquer par *InspecteurGadget*, un de ses ex-amants. En fait, Tatiana avait cinq fausses fiches : celles de ses fameuses « copines » qui lui beurraient le dos. Il faut vraiment être narcissique pour s'autoencenser de cette façon.

Le pire, c'est lorsque j'avais pris une semaine de vacances et que je m'ennuyais. En toute honnêteté et sans aucune attente, j'avais demandé sur un forum si quelqu'un voulait souper avec moi. Dans ma tête, fille ou gars, ça n'avait pas d'importance. Je me suis fait traiter de maniaque sexuel par certaines femmes. Non mais franchement ! On ne peut tout de même pas violer une femme dans un restaurant ! C'est ainsi que j'ai connu *EliotNess* en chair et en os. Il était en convalescence ; nous avons soupé ensemble et joué au billard.

EliotNess est un gars un peu prétentieux, mais il a été malade et il a replacé son ego à de justes proportions. Je l'aime bien parce qu'il est direct et naturel malgré son côté macho relié à sa grandeur. J'ai souvent rêvé de vivre sa vie de séducteur ne serait-ce qu'une seule journée. Je l'envie mais je le respecte et je sais que c'est réciproque.

Contrairement aux femmes, nous, les hommes, ne sommes pas compliqués sur le plan de l'amitié et les coups de poignard dans le dos sont rares. J'en sais quelque chose parce que c'est mon ex qui s'est lancée à la conquête de mon frère. Jamais il ne m'aurait trahi intentionnellement. Il y a une grande différence entre un acte prémédité et un accident. J'ai mis du temps à comprendre ça. À présent, je n'ai plus de haine au cœur et je suis capable de passer des soirées familiales chaleureuses avec mon ex et mon frère. Finalement, mon frère m'a rendu service parce que je n'avais pas assez d'atomes crochus avec mon ex.

EliotNess est enquêteur et je le renseigne souvent sur la parution des nouveaux bouquins policiers. Ce type connaît toutes les ficelles du mensonge et je l'encourage à écrire sa biographie. J'ai été surpris d'apprendre qu'il était tombé amoureux fou d'une femme du site. J'ai essayé de calmer ses ardeurs de repenti. Je trouve que la transition entre son statut de Casanova et son humilité nouvelle s'est faite trop rapidement. J'ai l'impression qu'il est complètement parti dans une autre dimension.

Je la connais bien, sa flamme, *Renaissance*. Auparavant, elle se faisait appeler *Magicienne*. Un vrai poison qui a changé de pseudonyme pour jouer à la sainte. Elle se doute que je l'ai reconnue à sa façon d'écrire sur les forums car j'y ai fait allusion. Il est étonnant qu'*EliotNess*, qui est un spécialiste en enquêtes, n'ait pas « senti » son ancienne ennemie. Je ne lui ai pas dit parce que j'ai bien vu qu'il avait besoin de faire ses propres expériences après l'épreuve de son cancer, et puis ça ne me regarde pas. J'ai assez de mes problèmes sentimentaux sans me mêler de ceux des autres.

Depuis deux ans, j'assiste souvent à l'arrivée de nouveaux membres sur Reseaucoeur.com et je constate que leur cheminement dans le cyberespace est souvent le même. Certains nouveaux utilisateurs découvrent avec timidité les forums et le chat en essayant de se faire accepter par les membres habitués. Dès qu'ils commencent à s'affirmer, on voit leurs interventions partout. Leur fraîcheur et leur spontanéité du début se transforment en dictature.

Le pouvoir leur monte tellement à la tête qu'ils finissent par croire que Reseaucoeur.com leur appartient. Les plus sympathiques deviennent imbus d'eux-mêmes et tombent sur les nerfs des autres en mettant leur grain de sel partout, sans aucun discernement ni empathie envers les nouveaux membres, à qui ils font subir férocement les mêmes moqueries qui les révoltaient lors de leurs premiers pas sur le réseau.

La femme qui s'est le plus fichue de moi, c'est *Irrésistible*. J'étais vraiment étonné qu'une femme aussi belle me contacte. Je lui faisais confiance et j'ai commencé à rêver en lui racontant mes secrets : ma vie avec mon cochon d'Inde, mes complexes et mes expériences.

Elle a fini par m'avouer qu'elle, ou plutôt qu'il, était un adolescent qui voulait juste s'amuser. Le pire, c'est qu'en s'excusant il m'a avoué qu'il était le fils d'*EliotNess*. Heureusement que son père est un ami et que le gamin ne commettra pas d'indiscrétions. Mon cochon d'Inde est nettement mieux éduqué que le fils d'*EliotNess*. Je persiste à croire que je serais un père modèle.

Depuis quelques mois, j'ai un penchant secret pour *Capucine*, une petite blonde au sourire d'ange qui a su rester à sa place depuis son arrivée. Au moins, elle, c'est sa vraie fiche. Du moins, je l'espère ! Ses commentaires sporadiques sont pertinents et elle est appréciée pour sa gentillesse. J'ai pris mon courage à deux mains en lui écrivant une longue lettre pour lui offrir mon amitié et, à ma grande surprise, elle a accepté que nous correspondions, même après avoir vu ma photo.

Je sais bien qu'en tant qu'ami virtuel mon physique n'a pas d'importance, mais ça m'a quand même drôlement flatté parce qu'elle m'attire énormément. Je me suis dit que, si je fais preuve de patience, elle parviendra peut-être à m'aimer un jour. De la patience, j'en ai, je n'ai pas le choix, c'est l'histoire de ma cybervie sur Reseaucoeur.com.

De fil en aiguille, j'ai fait plus ample connaissance avec *Capucine*. Elle a mon âge et est mère d'une petite fille de sept ans. Elle travaille comme caissière dans une banque. En tant qu'ancien membre, je suis fier de lui donner toutes sortes de conseils pour que son séjour sur le site soit agréable. Elle me plaît tellement que, pour elle, je serais même prêt à renoncer à avoir des enfants. Je m'emballe peut-être un peu trop vite car je ne l'ai jamais vue en chair et en os. Tout ce que je sais, c'est qu'elle a le don de me valoriser.

Quand je lis ses lettres, je me sens comme un héros protecteur qui veille sur elle et j'ai l'impression d'être un géant invincible. On dit toujours que l'amour fait grandir intérieurement. Ce serait formidable si, en plus, je pouvais gagner quelques centimètres. Dans le sens de la hauteur, évidemment. Si c'était le cas, je serais le premier à dire que l'amour métamorphose et ça ferait bien mon affaire.

Lorsqu'il m'arrive de déprimer, je songe à tous les grands petits hommes qui ont marqué l'histoire. Si Napoléon était sur un site de rencontre, il n'aurait pas plus de succès que moi, sans ses armées. Astérix fait encore parler de lui au cinéma. René Lévesque fumait, tout comme moi, et je me coiffe un peu comme lui. Pierre Péladeau a bâti un empire. Denny De Vitto, Dustin Hofmann, Michel Blanc, Jacques Villeret et Jim Corcoran sont devenus des stars. Alors, merde ! Moi aussi, je suis capable de relever un défi et de me battre comme un preux chevalier pour trouver l'amour de ma vie.

À la limite, je pourrais me faire greffer des cheveux, suivre un régime et faire un peu plus d'exercice mais, pour grandir, il n'y a pas de solution miracle. Je ne vais tout de même pas faire du bungy pour m'étirer les jambes. Tant qu'à en être rendu aux solutions extrêmes, pourquoi ne pas me faire écarteler comme dans le film *Cœur vaillant* ? Je ne peux pas manger de l'engrais pour pousser, je ne suis pas une plante. J'en veux d'ailleurs aux marques de céréales qui sont supposées faire grandir. Je les ai toutes essayées.

Je sais, c'est bête, mais je crois que j'aime *Capucine*. En plus, je risque de passer pour un géant quand je vais la rencontrer car elle mesure un mètre cinquante-cinq. Elle doit sûrement s'habiller dans le rayon ado, c'est mignon. Sans sa présence virtuelle, mes journées sont plus sombres. La librairie me semble terne, et les livres tristes. Chaque soir, je m'endors en pensant à elle. Chaque matin, je me précipite sur mon ordinateur en renversant ma tasse de café pour voir si elle m'a laissé un message. Comme je ne veux pas qu'elle pense que je la harcèle, je m'empêche de lui écrire trop de messages empressés.

Sur mes lettres, j'insiste innocemment sur le fait que ça ne me dérangerait pas de protéger une femme qui est déjà mère. J'imagine sa fille, tout aussi adorable qu'elle. Une petite princesse toute blonde. Si je veux conquérir la mère, il faut que je séduise la fille. J'ai hâte de leur présenter mon cochon d'Inde et j'espère qu'ils s'entendront bien tous les trois. J'ai donc proposé à *Capucine*, qui connaît mon métier de libraire, d'offrir un livre-jeu à la petite. C'était un bon prétexte pour les inviter à souper toutes les deux.

J'ai eu peur que *Capucine* refuse mon invitation, mais elle a accepté et, demain, nous allons passer la soirée au restaurant. Ça veut dire que je lui plais, sinon elle aurait trouvé une excuse pour ne pas venir. Je ne touche plus terre, ma première rencontre ! Au bout de deux ans de déceptions, ma patience est récompensée. En plus, j'en ai deux pour le prix d'une. Finalement, c'est un bébé déjà tout fait et élevé, ça fatiguera moins *Capucine*. Je ne veux pas l'obliger à engraisser pendant neuf mois car je sais qu'elle fait très attention à sa ligne.

Depuis que j'ai vu *Le Seigneur des anneaux* et les prouesses de Frodon et de ses petits compagnons, je me dis que tout est possible. Moi aussi, j'aimerais bien me faire enlever par une fée sur un beau cheval blanc. Ça change des films où les trolls se font persécuter et dévorer par des monstres cannibales.

Je suis allé chez le coiffeur pour me faire raser le peu de cheveux qu'il me restait et je me suis acheté des vêtements neufs. Pour une fois qu'une femme va poser son regard sur moi, je veux être impeccable. Ce qui est extraordinaire, c'est que ma *Capucine* est une non-fumeuse tolérante ; elle semble m'accepter comme je suis. Je me demande ce qui lui a plu chez moi ; il faudra que j'ose le lui demander.

Je n'avais jamais pensé à me débarrasser de mon complexe de chauve en me faisant raser le crâne. C'est astucieux ; comme c'est à la mode, on passe inaperçu. Je n'admettais pas mon alopécie, je me torturais chaque matin en essayant de me cacher le front avec une grande mèche et j'évitais de sortir les jours de grand vent. Il faut dire que je porte quand même bien mes kilos en trop. Alors, ma nouvelle image me transporte de joie.

Je commence à croire que l'amour rend beau. Ma concierge m'a complimenté sur mon nouveau look en me disant que je ressemble à un pirate. Ça m'a tellement flatté que, comme Frodon, je me suis fait percer une oreille pour y accrocher un petit anneau en or, mon anneau magique. Je me sens vraiment viril et ma libido me joue des tours. J'espère que *Capucine* ne me fera pas attendre six mois pour succomber à mon charme parce que ça devient urgent pour mon équilibre.

J'en ai plus qu'assez de l'abstinence et des plaisirs solitaires sur les sites XXX. Je ne veux surtout pas me faire passer pour un obsédé mais le sport amoureux en direct me manque. La première fois, j'éteindrai la lumière pour qu'elle ne me voie pas tout nu ; ça la mettra en confiance. Bien sûr, nous aurons fait souper la petite et nous lui aurons raconté une belle histoire pour que ce bel ange fasse de doux rêves. Et ce qui arrivera ensuite, je suis dans tous mes états rien qu'à y penser.

J'ai donc rencontré ma douce *Capucine* et sa fille dans un restaurant italien. Elle était réellement belle comme un cœur. Quand j'ai tendu le livre-jeu à la petite et qu'elle a ouvert le beau paquet cadeau, elle a piqué une crise en disant à sa mère que c'était un *Game Cube* qu'elle voulait. Rien que ça. Moi qui n'ai jamais toléré les caprices de mon cochon d'Inde, ça m'a choqué. Jamais, ce n'est pas vrai ; une fois, quand il était bébé, il s'était oublié sur mon lit et je n'ai pas sévi. Quant à *Capucine*, elle avait l'air de trouver ça normal et elle a calmé sa fille en lui promettant le *Game Cube* pour son anniversaire.

Elle devrait faire attention aux dépenses car c'est ça qui peut pousser les caissiers à faire des ponctions dans la caisse des patrons et, comme elle travaille dans une banque, la tentation peut être très forte. Je ne comprends pas que *Capucine* achète des jeux aussi chers à sa fille alors que j'achète les jouets de mon cochon d'Inde au magasin du Dollar. Par souci de justice, je ne voudrais pas faire de rivalité entre eux.

La petite n'a vraiment pas de belles manières à table. Elle a feuilleté mon beau livre-jeu, les doigts pleins de sauce à spaghetti. Au dessert, elle a fait des dessins dessus avec de la mousse au chocolat sous l'œil attendri de sa mère, qui dit qu'elle est une future artiste. Le vandalisme ne semble pas scandaliser ma nouvelle conquête. *Capucine* me plaît bien, mais je n'ai pas senti de réciprocité. Sûrement la timidité. Je crois qu'il sera quand même impératif que je lui fasse un bébé si nous vivons ensemble, car sa fille sera un mauvais exemple pour mon cochon d'Inde.

J'ai fréquenté *Capucine* durant deux mois. En fait, on ne peut pas parler de fréquentations car je ne suis pas ressorti avec elle depuis le fameux soir de vandalisme. Je l'ai cependant revue car elle m'a demandé à huit reprises de jouer au gardien d'enfant pendant qu'elle prenait des cours du soir. Elle étudiait l'espagnol car elle devait partir en vacances en Colombie. Chaque fois, j'ai accepté en me disant que, si elle me faisait autant confiance, c'est qu'elle tenait à moi et que j'aurais enfin droit à ma récompense. Je m'imaginais aussi que je ferais partie de son voyage. J'ai expérimenté pour la première fois une patience inébranlable avec sa fille, que je gardais chez moi.

La petite prenait mon cochon d'Inde pour une poupée et elle voulait absolument le laver, le savonner, le rincer et le sécher après lui avoir tiré dessus avec son pistolet à eau rempli de jus d'orange. Dès qu'il la voyait arriver, il décampait sous mon canapé en pissant de peur sur mon tapis persan. La petite a bousillé trois de mes plus beaux livres de collection qui me venaient de mes parents en découpant des guirlandes sur les pages pour me faire une surprise et décorer la cuisine. Elle a bouché mes toilettes avec son assiettée de pâté chinois. Jamais je n'avais vu ma salle de bain inondée de la sorte. Comme la petite laisse tout traîner, je me suis cogné l'ongle incarné de mon gros orteil contre son vélo et j'ai poussé des hurlements de douleur et de rage qui ont inquiété ma voisine.

Quand j'ai proposé à la petite de se calmer avec des jeux devant mon ordinateur, elle m'a dit que sa mère faisait la même chose tous les soirs et qu'elle rencontrait souvent des messieurs. Intrigué, j'ai prêché le faux pour savoir le vrai, et j'ai su qu'en réalité *Capucine* ne prenait pas de cours d'espagnol mais qu'elle rencontrait des hommes du réseau. Elle a promis le *Game Cube* à sa fille en échange de son silence. Ce dont elle ne se doutait pas, c'est que la petite m'aimerait bien. Dès le départ, j'étais le pigeon de service pour servir de gardien. Quelle effronterie ! Pendant que madame continue à chercher le prince charmant, je lui sers d'idiot et de bouffon.

Le pire, c'est que j'avais commencé à m'attacher à la petite ; elle est tellement mignonne malgré ses bêtises et sa rébellion. Quand elle s'endormait dans mes bras, devant la télévision, je sentais son petit cœur innocent battre contre ma poitrine en toute confiance. Son visage ressemble à celui d'un ange. Je l'ai initiée à la lecture en lui offrant de beaux livres pour enfants. Je faisais en sorte de lui préparer des repas équilibrés et de bien veiller sur elle. J'aurais vraiment pu l'aimer comme ma propre fille, cette petite puce adorable qui s'élève toute seule parce que sa mère s'en désintéresse et achète son affection avec des cadeaux. Ça me fait vraiment mal au cœur de m'être fait abuser de cette façon. Il y a quand même des limites à l'indécence.

C'est rare que je me fâche, comme toutes les bonnes poires d'ailleurs, parce que je pardonne facilement, mais là j'ai vu rouge. *Capucine* a manqué aux règles les plus élémentaires du savoir-vivre avec moi en me mentant et en rencontrant d'autres candidats dans mon dos. On ne joue pas avec les sentiments des autres. Internet est devenu un fléau. Je suis écœuré par certaines femmes même si je sais que certains hommes ne sont pas mieux. Ce sont les membres du réseau qui se livrent en toute franchise qui payent toujours pour ces gens-là.

J'ai choisi d'écrire une longue lettre à *Capucine* pour ne pas mêler la petite à ma rancœur. Sa réaction a été à la hauteur de sa manipulation. Elle m'a répondu que c'est moi qui ne suis pas normal, qu'elle ne m'avait rien promis. Aucun remords, aucun scrupule, aucune excuse. Je me suis refermé sur moi-même en me jurant de ne plus jamais me faire avoir.

J'ai effacé tous les souvenirs qui auraient pu me rappeler la petite, sauf un, un dessin qu'elle m'avait offert en me faisant un gros bisou.

J'espère qu'elle aura une bonne vie et qu'elle ne deviendra pas une cybergarce comme sa mère. Je crois que mon cochon d'Inde regrette lui aussi son petit bourreau en jupon parce que les derniers temps elle s'était fait pardonner en lui tendant des feuilles de salade, ce qui correspond pour lui à du caviar. Finalement, j'ai craqué et j'ai pleuré car j'ai réalisé que je tenais plus à la petite puce qu'à sa mère.

EliotNess m'a remonté le moral en m'invitant au restaurant. Il est vraiment bien, ce type. Nous avons parlé de nos épreuves amoureuses, de *Renaissance* et d'*Améthyste*. Je l'ai finalement informé que *Renaissance* est en réalité *Magicienne*, son ancienne ennemie, parce que je ne veux pas qu'il soit déçu comme moi avec *Capucine*. Il n'en revenait pas ; par contre, comme il avait vu la photo de *Magicienne* qui, on doit le dire, est assez jolie, il a décidé de jouer le jeu et de la rencontrer prochainement comme prévu. La nouvelle personnalité virtuelle de cette femme l'attire malgré son passé tapageur.

EliotNess estime beaucoup *Améthyste* même s'il ne l'a jamais rencontrée et j'ai été surpris d'apprendre à quel point il est proche de cette petite brunette à la fois pleine de douceur et de caractère. Il paraît qu'elle vit les mêmes choses que nous avec un cortège de déceptions digne d'un cauchemar. Puisque ça fait longtemps que je n'ai pas eu de ses nouvelles, je vais lui envoyer un message, elle qui a été ma première amie virtuelle. C'est curieux, quand j'y pense, de constater que nous avons vécu les mêmes aventures. Ça me fera du bien de parler avec elle.

J'ai écrit une longue lettre à *Améthyste* et nous avons repris notre correspondance. Elle m'impressionne toujours autant, mais elle est tellement chaleureuse que ma gêne s'estompe. Dire que ça fait deux ans que nous nous connaissons virtuellement ; c'est bizarre l'amitié par Internet. Mais à l'époque de nos balbutiements sur Reseaucoeur.com, nous étions probablement trop aveuglés par ce nouveau jouet de communication pour chercher à mieux nous connaître.

Améthyste en a vu de toutes les couleurs et elle est blindée. Son plus grand désir est d'être mère, ce qui a allumé une lueur clignotante dans mon cœur. Elle ignore qu'*EliotNess* m'a confié qu'elle cherchait n'importe qui comme père pour ensuite élever toute seule son cyberbébé. Si elle est prête à faire ça, je pourrais peut-être faire partie des candidats ; encore faudrait-il qu'elle accepte les hommes petits. Tout ce que je lui demanderai si elle me choisit, c'est de me laisser voir ma petite puce ou mon petit poussin une semaine sur deux. Je ne suis quand même pas exigeant.

Je n'ose pas lui en parler. J'essaie de m'imaginer quel effet ça me ferait de faire l'amour avec elle une seule fois pour donner vie à notre enfant. J'en ai les larmes aux yeux rien que d'y penser. Ça doit être magique. Mais si je fais ça, je sais que je vais tomber fou amoureux d'elle et que je vais souffrir de ne plus la tenir dans mes bras jusqu'aux dix-huit ans de notre petit. Je ne peux pas la forcer à m'aimer ; il faudrait que je trouve un moyen pour qu'elle me voie comme un prince charmant au lieu d'un petit chauve légèrement bedonnant.

Comment pourrais-je atteindre son cœur sans faire un fou de moi ? Comment pourrais-je lui conseiller subtilement de faire son bébé avec moi plutôt qu'avec un grand homme ? Et si je lui disais la vérité, tout simplement ? De toute façon, au point où j'en suis, je n'ai plus grand-chose à perdre. Si ça ne fonctionne pas, je m'achèterai un bébé cochon d'Inde pour agrandir ma dynastie et je l'élèverai tout seul, comme le premier.

Bon, c'est décidé. Je vais boire quelques verres de vin pour me donner le courage de lui écrire avec mon cœur. J'espère qu'elle ne va pas me traiter de tous les noms devant mon audace. *EliotNess* sera sans doute un peu fâché parce qu'il m'a donné le tuyau en toute confidentialité, mais tant pis. Si *Améthyste* et lui me tournent le dos, je saurai que nos rapports n'auront été que du vent durant deux ans.

J'ai passé quatre heures à rédiger ma lettre de six pages, et je suis assez satisfait du résultat même si je commence à voir double. C'est fou, la vie ! Je suis plein de qualités, capable de prendre soin d'une femme avec tendresse, mais je suis emprisonné dans un physique qui ne correspond pas aux normes de la beauté. J'ai souvent pensé que les gens grands, beaux et minces devraient parfois être punis pour la facilité qu'ils ont et endosser la peau de ceux et celles qui n'ont pas cette chance. Mon doigt a tremblé quand j'ai envoyé mon roman rose à *Améthyste*.

Pendant cinq jours, je n'ai eu aucune nouvelle et, le sixième jour, le miracle a eu lieu ; une lettre d'elle m'attendait sur Reseaucoeur.com. Elle a écrit, elle aussi, avec son cœur en me disant que j'étais un amour. Je ne touchais plus terre. J'avais l'impression de flotter. Elle a aussi provoqué chez moi tout un choc en me disant que j'étais séduisant parce que, dans ma lettre, je parlais de mes défauts physiques. Elle avait peut-être bu, elle aussi, mais j'ai décidé de la croire. Nous nous sommes parlé longuement au téléphone et nous nous sommes découvert beaucoup de points communs.

Nous sommes devenus aussi intimes mentalement qu'un frère et une sœur. J'ai compris pour la première fois de ma vie que l'amour vrai, celui qui est si rare, ne pouvait naître sans une grande amitié. L'absurdité de notre situation est tellement surréaliste que nous en rions. Nous avons décidé de nous rencontrer en chair et en os pour sceller notre amitié sincère. Je ne peux pas m'empêcher d'avoir des fantasmes ; je n'en reviens pas de ce qui m'arrive.

Un autre miracle a eu lieu. Pour alléger l'atmosphère de notre première rencontre avec nos belles, *EliotNess* a proposé que nous nous rencontrions tous ensemble. *Renaissance* et *Améthyste* sont d'accord pour que nous formions un quatuor lors d'un souper amical dans un restaurant japonais. Tout un suspense pour quatre cyberdépendants paumés comme nous. J'ai l'impression de rêver éveillé.

Nous avons passé une soirée remplie d'émotions et de rires. *Améthyste* et moi, nous ne nous sommes pas quittés des yeux, tout comme nos aînés, *EliotNess* et *Renaissance*. Ils vont vraiment bien ensemble, ces deux-là ; ils se sont bien trouvés et ils forment un beau couple. En plus, *Renaissance* est sympathique. Il ne subsiste plus en elle aucune trace de *Magicienne*, la cyberfrimeuse arrogante.

Nous sommes tous les quatre nous-mêmes, sans éprouver le besoin de jouer des rôles qui ne nous vont pas. J'ai lu de l'amour et de la tendresse dans les yeux d'*Améthyste*, et pour la première fois de ma vie je me sens confiant comme un géant. J'ai senti qu'elle m'aime pour ce que je suis parce qu'elle me voit avec un regard différent. Je ne veux surtout pas passer pour un obsédé sexuel, mais j'espère que je pourrai faire une pouponnière de cyberbébés avec ma brunette aux yeux violets, et puis mon cochon d'Inde aura enfin une maman.

Le fils d'*EliotNess* s'est joint à nous au dessert. Dire que cet ado attachant, rieur et plein d'esprit a offert des cyberfantasmes à son père et qu'il m'en a aussi offert. Cependant, nous avons convenu de ne pas parler de ces cyberfolies à nos douces. Pourquoi gâcher nos deux amours naissants en mentionnant à nos fées nos correspondances avec *Sexygirl, MainAgile, Libertine, Prends-Moi, Immorale, Corpsderêve* et *Bouchepulpeuse* ? Oui, nous sommes peut-être indécrottables, nous les hommes, mais nous venons de Mars et nos belles Vénus le savent.

Nos deux années de cyberdrague passées au cœur de nos claviers n'auront pas été vaines. Elles nous ont rendus sans doute plus humains, plus tolérants et plus empathiques, *Améthyste, EliotNess, Renaissance* et moi. Nous avons toujours les mêmes défauts, mais nous parvenons à les maîtriser parce que nous avons le goût du bonheur. Sans Reseaucoeur.com, nous ne nous serions probablement jamais croisés et remis en question. Nous n'aurions probablement pas non plus expérimenté autant d'émotions insoupçonnées. C'est la magie du cyberespace où tout est possible pour les cœurs esseulés les plus lointains, même lorsqu'on n'y croit plus…

La première édition
du présent ouvrage,
publié par les Éditions du CRAM inc.
a été achevée d'imprimer
en novembre de l'an deux mil deux,
sur les presses de l'imprimerie Transcontinental
à Sherbrooke (Québec).